을 유 세 계 문 학 전 집 · 25

예브게니 오네긴

예브게니 오네긴

시로 쓴 소설

EVGENIIONEGIN
ROMANVSTIKHAKH

알렉산드르 푸슈킨 지음 · 김진영 옮김

❖ 을유문화사

옮긴이 **김진영**

휘튼 칼리지 러시아 어문학과를 졸업하고 예일 대학 슬라브 어문학과에서 석·박사 학위를 받았다. 박사 학위 논문은 Making Another's Voice Mine: Pushkin and the Poetics of Translation (1992). 1991년 이후 연세대학교 노어노문학과 교수로 재직하면서 푸슈킨과 19~20세기 러시아 문학에 관한 논문을 발표했다. 지은 책으로『푸슈킨: 러시아 낭만주의를 읽는 열 가지 방법』(2009년 학술원 기초 학문 육성 우수 학술 도서)이 있으며, 옮긴 책으로『코레야, 1903년 가을: 세로셰프스키의 대한 제국 견문록』(공역),『땅 위의 돌들』(러시아 현대 시선집), Tak malo vremeni dlia liubvi (정현종 러시아어 번역 시선집) 등이 있다.

을유세계문학전집 25
예브게니 오네긴

발행일·2009년 11월 15일 초판 1쇄 | 2021년 8월 5일 초판 5쇄
지은이·알렉산드르 푸슈킨 | 옮긴이·김진영
펴낸이·정무영 | 펴낸곳·(주)을유문화사
창립일·1945년 12월 1일 | 주소·서울시 마포구 서교동 469-48
전화·02-733-8153 | FAX·02-732-9154 | 홈페이지·www.eulyoo.co.kr
ISBN 978-89-324-0355-7 04890 978-89-324-0330-4(세트)

차례

일러두기

1. 외국어 사용에 있어 푸슈킨은 원어를 그대로 인용하는 방법과 러시아어로 음역하는 방법을 동시에 취했다. 이 번역에서는 시인의 선택을 존중하는 의미에서, 전자의 경우에는 그대로 외국어 원어를 사용하고, 후자는 우리말로 음역하였다.
2. 푸슈킨이 원본에서 사용한 외국어는 원어를 노출한 뒤, 우리말 번역을 첨부했다.
3. 푸슈킨 자신이 작품에 달아 놓은 주석과 생략된 부분들에 해당하는 번역은 주에 수록했다.
4. 원문의 부호들은 우리말 사정에 맞추어 일부 생략 혹은 수정하기도 했다.
5. 작품에 등장하는 고유 명사들은 간략한 설명을 달아 찾아보기에 수록했다.
6. 국립국어원의 러시아어 표기안을 따랐으나, '푸슈킨', '페테르부르그'와 같은 몇몇 경우는 일반 독자들의 친숙성을 고려하였다.
7. 차례에 명시한 각 장의 제목은 푸슈킨이 1830년 원고에 붙여 놓은 것으로 완간 시에는 삭제되었다.
8. 러시아에서 날짜는 혁명 이후 구력(율리우스력)에서 신력(그레고리우스력)으로 바뀌었다. 이 책에서 사용된 날짜는 구력을 따른 것이다.
9. 거리의 단위는 미터법으로 환산하였다.

Pétri de vanité il avait encore plus de cette espèce d'orgueil qui fait

avouer avec la même indifférence les bonnes comme les mauvaises

actions, suite d'un sentiment de supériorité, peut être imaginaire.

—Tiré d'une lettre particulière

(그는 허영에 가득 찬 데다, 선행과 악행을 똑같은 무관심으로 고백하게

하는, 필경 상상의 우월감에서 기인된 독특한 오만함마저 지니고 있었다.

—어떤 편지 중에서)

오만한 세상을 즐겁게 할 의도는 없이,

다만 우정 어린 관심을 구하는 마음에서

그대보다도 더 훌륭한,

신성한 꿈과

생생하고 명료한 시와

숭고한 정신과 단순함에 가득 찬

그 아름다운 영혼보다도 더 훌륭한

증표를 바치고 싶었노라.

하지만 어쩌랴. 그대, 애정 어린 손으로

받아 달라. 반쯤은 우습고 반쯤은 슬픈,

서민적이고 이상적인,

다채로운 장들의 이 모음을.

내 유희와

불면증과 경쾌한 영감과

미숙한 채 시들어 버린 세월과

냉정한 관찰력과

애달픈 기억의 이 부실한 열매를.

제1장
〔우울증〕

사는 데 성급하고, 느끼는 데 서두르며.

—뱌젬스키

1

"사리 분별 정확하신 나의 숙부가
막상 병석에 몸져눕고는
당신을 떠받들라 강요하다니,
끝내주는 일이구먼.
그 양반의 본보기, 타인에겐 교훈이지.
하지만 맙소사, 낮이고 밤이고
단 한 발자국도 떨어지지 않으면서
병자 곁을 지키려면 얼마나 지겨울까!
이 얼마나 저열한 이중성인가!
반송장의 기분이나 맞춰 가며
베개들 고쳐 받치고,
서글픈 표정으로 약 대령하고,
속으로는 한숨지으며 생각하기를 —

대체 언제쯤 당신을 데려가실꼬?"

2

전능한 신 제우스의 의도에 따라
친척들 온 재산의 상속자가 되어 버린
불량한 이 청년은 역마차로 먼지 속을
날아갈 듯 질주하며 그렇게 생각했다.
루슬란과 류드밀라의 친구 여러분!
내 소설의 주인공을
서문은 생략하고 지금 당장 이 순간에
소개하련다.
독자여, 어쩌면 당신이 태어났을 곳,
아니면 전성기를 맞았을 곳인
네바 강가 그 부근서
다정한 나의 친구 오네긴은 태어났다.
나도 한때 그곳을 거닐었다만,
북쪽은 내게는 해로운 곳이렷다.*

3

흠 없이 고결하게 복무를 마친 후
빚으로 살아오던 아버지는
1년에 세 차례씩 무도회를 열더니만
마침내는 완전히 파산했다.

운명은 예브게니를 보살펴,

처음에는 *Madame* (마담)이 그를 돌보더니

그다음엔 *Monsieur* (므슈)가 그녀를 대신했다.

장난은 심했어도 어린애는 귀여웠다.

초라한 프랑스인 *Monsieur l'Abbé* (므슈 라베)는

행여 어린애가 지겨울까

모든 것을 농담 섞어 가르쳤고,

준엄한 설교로 성가시게 구는 대신,

짓궂은 장난질은 가볍게 꾸짖으며

'여름 정원'에 산책이나 데리고 다녔다.

4

반항적인 청소년기,

애틋한 희망과 우수의 그 시기가

예브게니에게 도래했을 때,

Monsieur (므슈)는 집에서 쫓겨났다.

자, 그러자 자유가 된 나의 오네긴,

최신식 유행 따라 머리 깎고

런던의 *dandy**(댄디)처럼 차려입고—

그러고는 마침내 세상에 나왔다.

완벽한 프랑스어를

구사할 수 있었고

마주르카를 가볍게 춤추었고

자연스레 절하던 그.
무엇이 더 필요하리? 세상은
단언했다, 똑똑하고 기분 좋은 청년이라고.

5
우리 모두 무언가 어떻게든
조금씩은 배운 적이 있었느니,
다행히도, 자신의 교양을
과시하는 것쯤이야 식은 죽 먹기.
많은 이들 (단호하고 엄격한 심판관들)
생각에 오네긴은 유식한 청년이나
지나치게 잘난 척했다.
대화 중엔 자연스레
온갖 것에 대하여 가볍게 언급하고,
전문가의 박식한 표정으로
중요한 논쟁에는 침묵을 고수하다,
예상치 못했던 경구(警句)의 불꽃으로
여인들의 미소를 자아내는 재주,
행운의 그 재주를 그는 갖고 있었다.

6
오늘날 라틴어는 유행에서 사라졌다.
하여, 진실을 밝히자면,

그의 라틴어 실력은
인용구나 이해하고
유베날리스를 들먹이고
편지 끝에 *vale* (안녕)라는 인사말쯤 덧붙이고
실수는 할지언정 『아이네이스』두 줄가량
암기하는 그런 정도.
먼지 쌓인 연대기를 파헤치며
이 땅의 역사를 연구하는 취미 따위,
그에게는 영 없었다.
하지만 로물루스 시대부터 오늘까지
지나간 나날들의 우스운 일화만은
기억 속에 새겨 두고 있었다.

7

시를 위해 목숨마저 희생하는
드높은 열정을 갖고 있지 않았기에
그는 우리가 아무리 애써 봤자
약강격과 강약격도 구분하지 못했다.
호메로스와 테오크리토스를 혹평하며
대신 애덤 스미스를 읽었고,
덕분에 심오한 경제통이 되었는데,
즉 국가가 어떻게 돈을 버는지,
무엇으로 사는지, 그리고 왜

'1차 산물'이 있는 한
금은 없어도 되는 것인지,
이를테면 그런 것을 판단할 수 있었는데,
아들을 이해 못한 부친은
그럼에도 토지를 저당 잡혔다.

8

그 외에 예브게니가 알던 모든 걸
다시 나열할 여유가 내게는 없다.
하나 그가 진정으로 천재성을 발휘했던,
그 어떤 학문보다 더 확실히 알았고,
그에게는 어린 시절부터의
소일거리요 고통이자 위안이요,
애수 젖은 게으름을 하루 종일 사로잡던
한 영역이 있었으니,
오비디우스 역시 노래했고,
그 때문에 이탈리아를 멀리 떠나
쓸쓸하고 인적 없는 몰다비아 초원에서
찬란하고 반항적인 자신의 생을
고난받는 수난자로 마쳐야 했던,
그것은 곧 연애의 기술이었다.

9

....

....

....*

10

그 얼마나 일찍부터 가식을 알았던가!
희망을 숨기는 척, 질투를 느끼는 척,
믿지 못할 사람인 척, 믿어야 할 사람인 척,
슬픈 척했다가는 괴로운 척해 가면서,
오만한 듯 보이다가 온순한 듯 보이다가,
관심을 보이는 듯 무관심한 듯.
그 얼마나 괴로운 듯 침묵을 지켰던가,
그 얼마나 열렬하게 열변을 토했던가,
친밀한 편지에선 또 얼마나 태연했나!
단 하나로 숨 쉬면서, 단 하나만 사랑하며,
자신은 완벽하게 망각할 수 있었지!
눈길은 또 어땠나, 재빠르고 부드럽고,
수줍고도 당돌하며, 그러면서 또 때로는
말 잘 듣는 눈물 맺혀 반짝였었지!

11

또한 그는 선수였다. 숙맥인 척하다가는

농담으로 순진함에 충격 주고,
각본 짜인 절망으로 상대방을 겁주다가
듣기 좋은 아첨으로 상대방을 달래 주고,
감동의 한순간을 절묘하게 포착하고,
순진한 나이의 편견들을
재치와 열정으로 단숨에 압도하고,
저절로 흘러나올 다정함을 고대하고,
상대방의 고백을 애원하며 요구하고,
가슴의 첫 음성을 살며시 엿듣다가
사랑의 뒤를 쫓고, 그러다가 단숨에
은밀한 만남에 성공하고……
그 후에는 단둘이 된 틈을 타서
정적 속에 수업을 가르치고!

12
장안에서 이름난 요부들의 마음을
그 얼마나 일찍부터 뒤흔들어 놓았던지!
자신의 경쟁자를
해치우고 싶을 때면
그 얼마나 가시 돋친 독설을 퍼부었나!
그 어떤 덫까지도 마다 않고 준비했나!
그러나 당신네 행복한 남편들은
그와는 언제나 다정한 친구였다.

포블라스의 오랜 신봉자인
교활한 남편도,
아무도 믿지 않는 늙어 빠진 남편도,
자기 자신, 자기 아내, 자기 음식에
불만이란 모르는, 바람둥이 아내를 둔
당당한 남편도 그에게는 모두 다정했다.

13~14

……………………………………

……………………………………

……………………………………*

15

아직 침대에 누워 있는 그에게로
메모 쪽지 가져오는 적도 있었다.
뭣이라고? 초대라고? 실제로
한꺼번에 세 집의 저녁 초대다.
이 집은 무도회, 저 집은 애 잔치.
과연 나의 장난꾼은 어디로 뛰어갈까?
어디부터 시작할까? 상관없다!
모든 곳에 대어 갈 수 있을 테니까.
그러한 와중에도 아침 정장 차려입고
머리에는 챙 넓은 '볼리바르'* 눌러쓰고,

마차 불러 산책로에 도착한 오네긴은
잠 안 자는 브레게 자명종이
식사 시간 알리도록
맘껏 자유롭게 그곳을 산책한다.

16
어느새 어둑어둑. 그가 썰매에 올라탄다.
"비켜라, 비키거라!" — 고함 소리 울려온다.
얼음 먼지 앉은 그의 비버 털 깃이
은빛으로 반짝인다.
Talon[*](탈롱)에 달려간다. 먼저 온 카베린이
기다리고 있으리라 확신하며.
그곳에 들어서니 코르크 마개 천장을 날고
최상급 포도주가 분수처럼 솟구친다.
눈앞에는 피투성이 *Roast-beef*(로스트비프),
프랑스 요리의 꽃이자
젊은 날의 사치인 송로 버섯,
흘러내리는 림부르흐 치즈와
황금빛 파인애플 가운데 놓인
불후의 명작, 스트라스부르 파이.

17
커틀릿의 뜨거운 기름기에

또다시 술 생각이 간절하지만,
신작 발레 극이 시작됐음을
브레게 자명종이 알려 오니,
극장의 잔혹한 법관이자
매혹적인 여배우의
변덕스러운 열성 팬이자
분장실의 명예시민인
오네긴은 극장으로 날아간다.
우리 모두 자유롭게
*entrechat**(앙트르샤)에는 열렬히 박수 치고
파이드라와 클레오파트라에게는 야유를 보내면서
(오직 자기 목소리 들리게 할 요량으로)
모이나의 이름을 외쳐 대는 그곳으로.

18
마술의 세계! 옛날에는 그곳에서
자유의 친구였던
용맹스러운 풍자의 왕 폰비진과
흉내쟁이 크냐쥐닌이 빛을 발했다.
그곳에서 오제로프, 관중들의 터져 나온
눈물이며 박수갈채
젊은 배우 세묘노바와 나누었고,
그곳에서 우리의 카테닌은

코르네유의 웅장한 재능을 되살렸고,
신랄한 샤홉스코이는
요란스러운 코미디를 여러 편 선보였고,
디들로도 그곳에서 영광을 누렸으며,
그곳, 무대의 막 뒤에서
내 젊은 날 역시 흘러갔다.

19
오, 나의 여신들! 그대들은 무얼 하나?
어디 있는가? 내 슬픈 목소리를 들어 다오.
그대들은 여전할까? 뒤를 이은 다른 처녀
그대들의 자리를 차지하진 않았을까?
그대들의 합창 소리 다시 듣게 될 것인가?
러시아의 테르프시코레가 혼 실어
날아오르는 그 광경 볼 수 있을까?
아니면 서글픈 눈길로 지루한 무대 위의
낯익은 얼굴들 찾지 못해,
실망에 찬 오페라글라스는
낯선 세상에 고정시킨 채,
즐거움에 무감한 관객처럼
말없이 하품하며
지나간 시절을 회상하게 될 것인가?

20

극장 안은 가득 찼다. 특별석은 휘황찬란,
일등석과 보통석은 흥분으로 들끓고
꼭대기 층 관객들은 성급하게 박수 치니,
요란스러운 소리 내며 막이 오른다.
천상의 존재처럼 찬란하게 빛나며
마법의 활이 시키는 대로
요정들에 에워싸여 무대 위에 서 있는
이스토미나.
무대 위에 한 발 딛고
다른 쪽 한 발을 느릿느릿 돌리다가
느닷없이 도약하여 느닷없이 날아가서
아이올로스의 입으로 분 깃털처럼 날더니만,
몸체를 비틀었다 몸체를 풀었다가
한 발로 또 한 발을 재빠르게 부딪친다.

21

사방이 박수 소리. 오네긴은 들어서서
사람들 발 밟으며 일등석을 헤쳐 간다.
그러는 와중에도 곁눈질로 특별석의
낯선 귀부인들 쌍안경 들어 훑어보니,
모든 층을 둘러보고
모든 것을 다 보아도, 얼굴하며 의상하며

끔찍이도 마음에 들지 않는다.
사방의 신사들과
인사를 나누고는 그다음엔 무대 위를
지극히도 산만하게 흘끗 한 번 쳐다본 후
고개 돌려 — 하품하며
내뱉는 말, "모두 바꿔야 해.
발레라면 오랫동안 참을 만큼 참았지만,
이제는 정말이지 디들로도 싫증 나네."*

22
아직은 큐피드와 악마들과 뱀들 나와
무대에서 시끌벅적 껑충대고,
아직은 지쳐 빠진 하인들이
입구에 털옷 깐 채 잠들어 있고,
아직은 관객들이 발 구르고 코 풀고
기침하고 야유하고 박수 치고,
아직은 안팎 여기저기
등불 환히 밝혀 있고,
아직은 얼어붙은 말들이
고삐가 성가신지 이리저리 몸 비틀고,
마부들은 모닥불 주위에서
주인들 험담하며 손바닥을 비벼 대건만, —
오네긴은 어느새 밖으로 나와

옷 차려입으려고 집을 향한다.

23
유행의 모범생이
옷 입고 옷 벗고 또다시 입는
외딴 서재를
충실한 그림으로 그려나 볼까?
주도면밀한 런던이
넘쳐 나는 변덕 위해
팔아먹는 그 모든 것,
발트 해의 파도 타고
나무와 지방 팔아 맞바꿔 온 그 모든 것,
파리의 걸신들린 유행이
돈 되는 장사 삼아
최신 사치와 호사와
재미 위해 고안해 낸 그 모든 것,
그와 같은 모든 것이 열여덟 살 철학자의
서재를 꾸며 놓고 있었다.

24
이스탄불 파이프의 호박 보석,
탁자 위의 도자기와 청동 조각,
여성스러운 감각에는 기쁨 그 자체인

무늬 새긴 크리스털 향수병,

빗, 철제 줄칼,

곧은 가위, 굽은 가위,

손톱용과 치아용

솔 서른 가지.

(내친김에 말하는데) 루소는

저 근엄한 그림이 자기 같은 미치광이

달변가를 앞에 놓고 어찌 감히

손톱을 다듬는지 이해할 수 없어 했다.*

자유와 권리의 수호자인 루소조차

이 경우엔 도대체가 틀렸다고 해야겠지.

25

진지한 사람도

손톱의 미를 생각할 수 있잖은가.

무엇 땜에 괜스레 시대에 항거하랴?

관습은 인류의 폭군인즉.

제2의 차다예프, 나의 예브게니는

질투 어린 비판이 무서워

자신의 옷에 대해 까다롭게 굴었으며

이른바 멋쟁이라 일컫는 부류였으니,

적어도 세 시간은

거울 앞에서 보낸 후

흡사 남장 차림으로
가면무도회 가는
경박한 비너스마냥
분장실을 나오는 것이었다.

26
몸치장과 관련된 최신식 경향으로
당신의 궁금한 눈길을 끌었으니,
이제는 박식한 세상 앞에
그의 옷차림을 묘사할 차례.
두말할 나위 없이 대담한 시도지만
결국은 묘사가 나의 할 일 아니겠나.
하지만 '판탈롱', '프락', '질레',
이 '단어들' 모두가 러시아어엔 없다.
그래서 당신 앞에 사과하는바,
원래부터 빈약한 내 문체가
외래어로
한층 더 단조로워지려나 보다.
비록 예전에 아카데미 사전을
들춰도 보았건만.

27
지금 중요한 건 그게 아니다.

나의 오네긴이 역마차 타고
쏜살같이 달려간 무도회로
이제는 서두르자.
불 꺼진 건물들 앞으로
잠든 거리를 줄줄이 따라
마차의 쌍등불은
경쾌한 불빛을 뿜어내며
눈 위에 무지개를 그려 놓는다.
사방이 불을 밝혀
번쩍번쩍 빛나는 거대한 저택.
통유리창 따라 그림자가 움직이고,
귀부인과 멋쟁이 괴짜들의 옆얼굴이
잠깐씩 스쳐 간다.

28
우리의 주인공이 현관 앞에 다다랐다.
수위 옆을 화살처럼 지나쳐
대리석 계단을 날아가듯 오르더니,
손으로 머리칼을 다듬고는
안으로 들어선다. 가득 찬 무도회장.
지쳐 버린 음악 소리.
마주르카 추느라 정신없는 사람들.
주위가 온통 비좁고 시끄럽다.

근위 기병의 박차 소리 짤랑대고,
여인들의 작은 발이 공중을 날고,
매혹적인 그들 좇아
불타는 시선도 날고,
멋쟁이 부인들의 질투 어린 수군댐은
포효하는 바이올린 음률 속에 묻혀 버린다.

29
환락과 욕정의 시절
나는 무도회에 미쳐 있었으니,
사랑 고백이나 편지 전달에
그보다 더 확실한 곳은 없다.
오, 점잖은 남편 분들!
이 몸이 서비스를 제공할 테니,
경고하는 나의 얘기 명심해들 두시기를.
그리고 또 어머님들,
오페라글라스 똑바로 치켜들고
더 확실히 따님 뒤를 살피시라!
그러지 않으면…… 그러지 않으면,
오, 그런 불상사가 있어서는 안 되겠지!
나 자신은 죄짓기를 그만둔 지 오래라서
이런 말을 쓰는 거다.

30

아, 갖가지 유희들로
난 인생의 많은 것을 망쳐 버렸다!
그래도 풍습만 나빠지지 않았다면
무도회만큼은 지금도 즐겼으리.
격렬한 젊음과 북적댐과
광휘와 즐거움을 난 사랑한다.
여인들의 신경 쓴 옷차림도
그네들의 작은 발도 사랑한다. 다만
날씬한 여자 발은 러시아를 통틀어
단 세 쌍도 찾아보기 힘들리라.
아, 나는 오래도록 잊을 수 없었다.
그녀의 두 발을…… 우울하고 싸늘해진
지금도 난 여전히 그 발을 기억하며
꿈속에서 가슴을 두근대노라.

31

바보 같으니. 언제, 어디, 어떤 황야에서,
대체 넌 잊게 되려는가?
오, 작은 발, 그 작은 발! 지금은 어디 있나?
어디서 봄꽃을 즈려 밟고 다니는가?
동방의 안락함에 보듬어져,
북방의 서글픈 눈 위에는

발자국을 남겨 놓지 않았구나.
보드라운 양탄자의
호사스러운 감촉을 넌 사랑했었지.
너를 위해 명예와 찬사의 욕심도,
선조들의 고향 땅도, 유배도
잊었던 게 오래전 일이던가?
초원 위에 남겨진 네 가벼운 흔적처럼
젊은 날의 행복 또한 사라졌도다.

32
친애하는 벗들이여, 디아나의 가슴과
플로라의 두 뺨은 예쁘지!
하지만 내게는 테르프시코레의 작은 발이
왠지 더 예뻐.
바라보는 눈길엔 더없는 포상을
예언해 주고,
상징의 아름다움으로
갖가지 방자한 욕망을 이끌어 내지.
나의 친구 엘비나여, 난 사랑한다네,
길게 드리운 식탁보 아래의,
봄철에는 초원 잔디 위의,
겨울철엔 벽난로 주철 위의,
무도회장 거울 같은 마루 위의,

바닷가 화강암 절벽 위의 그 발을.

33
폭우 직전의 바다가 생각난다.
미친 듯 연이어 달려가서
사랑 바쳐 그 발 앞에 누워 버리는
파도가 난 얼마나 부러웠던가!
그녀의 예쁜 발에 파도와 함께 달려가
입 맞추길 얼마나 바랐던가!
아니, 내 들끓는 젊음의 불같던 지난날에도,
젊은 아르미다의 입술이나
타오르는 장밋빛 두 뺨이나
피로에 지친 그 가슴을 키스하고픈
열망에 그토록 괴로웠던 적은 없다.
아니, 폭발하는 열정으로
내 가슴이 그토록 찢겼던 적은 없다.

34
다른 때도 기억난다!
이따금 은밀한 꿈속에서
행복한 등자를 붙잡은 채……
두 손안에 작은 발을 느끼노라면,
상상력은 또다시 타오르고,

그 스침은 또다시
메마른 가슴의 피를 끓게 한다.
밀려오는 그리움, 밀려오는 그 사랑!……
하지만 더 이상은 수다스러운 내 리라로
거만한 그들을 찬미하지 않으리라.
열정은 물론이고 자신이 영감을
불러일으킨 노래조차 과분한 그 여자들.
그 마녀들의 말과 시선은
믿을 게 못 돼…… 그들의 발만큼이나.

35

오네긴은 무얼 하나? 무도회를 나온 그가
반쯤 잠이 든 채 잠자리로 향하는 시각,
활력적인 페테르부르그는
일찌감치 북소리에 잠에서 깼다.
상인들은 일어나고, 배달꾼은 길 나서고,
마부들은 대기소로 천천히 걸어가고,
오흐타의 아가씨는 물통 들고 서두르고,
그녀의 발밑에서 아침 눈은 사각댄다.
상쾌하게 수런대며 눈을 뜬 아침.
덧창문 젖혀지고, 굴뚝 연기
푸른 기둥 되어 곧추 올라가고,
시계처럼 정확한 독일인 빵집 주인,

종이 고깔모자 쓰고 자기 집 '바시스다스'*를
벌써 몇 차례나 열어젖혔다.

36

그러나 무도회의 소음에 지친
유희와 사치의 아들은
밤낮을 뒤바꾸어
달콤한 어둠 속에 고요히 잠들었다.
정오 지나 잠을 깨면
또다시 아침까지
똑같은 화려한 삶이 대령해 있다.
그다음 날도 전날과 마찬가지.
그런데 나의 예브게니,
꽃피는 한창 나이의 자유로운 그,
빛나는 승리와 일상의 쾌락에 잠긴 그,
그는 과연 행복했을까?
향연의 틈새에서
그는 그저 무모하고 건강했을까?

37

아니었다. 감정이 식은 지는 이미 오래,
사교계의 소음도 싫증 난 지 이미 오래.
미인들 역시 습관화된 상념의

오랜 대상은 되지 못했다.

배반은 그를 피곤하게 만들었고,

친구고 우정이고 지겨워졌는데,

왜냐하면

골치가 아픈데도

허구한 날 *beef-steaks* (비프스테이크)와 스트라스부르 파이에

샴페인 끼얹으며

재치 있는 언사를 뿌려 댈 순 없잖은가.

혈기 왕성 망나니인 그조차도

마침내는 험담이나 장검이나 총알 등에

싫증이 나 버린 거다.

38

이제쯤은 그 원인이

밝혀졌어 마땅한 병,

영국산 '스플린'과 흡사한 병,

한마디로 러시아산 '우울증'이

그를 조금씩 갉아먹게 된 거였다.

권총으로 자살을 시도해 볼 마음까진

다행히도 없었지만,

사는 데는 완전히 흥미를 잃은 거다.

사람들이 모인 곳엔 *Child-Harold* (차일드 해럴드)처럼

음울하고 권태로운 모습으로 나타났고,

사교계의 헛소문도, 보스턴 게임도,
다정한 눈길도, 거침없는 한숨도,
그 무엇도 그에게는 감동을 못 주었고,
눈에는 아무것도 들어오질 않았다.

39~41

……………………………………
……………………………………
……………………………………*

42
변덕스러운 상류 사회 여인들아!
그가 제일 먼저 등 돌린 건 그대들이다.
하긴 상류층 분위기가 우리 나이엔
꽤 따분하기 마련이지.
혹 세나 벤담을
논하는 귀부인이 있을는지 모르지만,
대체로 그들의 대화란 아무리
악의 없는 헛소리라 할지라도 참기 어렵다.
게다가 그들은 너무나도 순결하고
너무나도 거룩하고 너무나도 똑똑하고
너무나도 신중하고 너무나도 정확하고
너무나도 경건함에 가득 차 있어

남자들은 도무지 접근이 불가하니,
그 모습만 보아도 '스플린'이 발병할 지경.*

43

그리고 그대들,
밤늦은 시간이면
쏜살같은 마차가 페테르부르그 도로 따라
모셔 가던 앳된 미녀들,
그대들도 예브게니는 버렸다.
격렬했던 환락과 담을 쌓은 오네긴은
집 안에 틀어박혀
하품이나 해 대면서 펜을 들었다.
글을 쓰고 싶었다 ─ 하지만 꾸준한 일이란 게
그에게는 끔찍했고, 아무것도
펜에서 나오지 않아,
나 자신이 속한 고로 논평은 삼가야 할
사람들의 저 싸움투성이 집단에는
끼지 못했다.

44

그래서 다시금 무위도식하며
영혼의 공허함에 시달리던 그는
타인의 생각을 내 것으로 만든다는

기특한 목표로 책상 앞에 앉았다.
책들을 분류하여 책장에 꽂은 다음
읽고 또 읽었으나 도대체가 모를 소리.
이건 따분하고, 이건 거짓말 혹은 헛소리,
이건 양심 없고, 이건 생각 없고,
모두가 나름대로 얽매여 있고,
옛것은 케케묵어 버렸는데,
새것은 또 옛것에 열광하다니.
여자를 떠나가듯 그는 책에서도 떠나갔고,
먼지 앉은 내용물의 책장에는
상복용 검은 천을 씌워 버렸다.

45
사교계의 무거운 짐 벗어던지고,
나 역시 공허함과 작별했던 그즈음에
우리 둘은 친해졌다.
그의 용모와
꿈을 향한 무의식의 탐닉,
독창적인 괴팍함,
날카롭고 차가운 이성이 나는 좋았다.
난 악에 차 있었고, 그는 음울했다.
두 사람 다 열정의 희롱을 알고 있었고,
두 사람 다 삶에 지쳐 있었고,

두 사람 다 가슴의 열기는 식어 있었다.
눈먼 포르투나와 인간의 적의가
인생의 아침부터
두 사람 모두를 기다렸던 것이랄까.

46
생각하며 살아온 사람이면 그 누구나
마음 깊은 곳에서 인간을 경멸하고,
느낌 있는 사람이면 그 누구나
지난날의 망령에 시달리기 마련.
무엇에도 더 이상 끌리지 않고,
오로지 회상의 이무기와
회한만이 그를 갉아먹는데,
이 모두가 종종
대화에는 크나큰 매력을 더해 준다.
처음에는 오네긴의 말에 당혹해하던 나도
나중에는 가시 돋친 논쟁과
신경질이 반쯤 섞인 농담,
음울한 경구가 담고 있는 사악함에
익숙해졌다.

47
네바 강 수면 위로

밝고 투명한 밤하늘 펼쳐지고,*
즐겁게 장난치는 강물의 거울 위로
디아나의 얼굴 비치는 법 없던
여름이면, 얼마나 자주 우리 둘은
지난날의 로맨스와 옛사랑을 회상하며
감상적이 되었다간
또다시 낙천적이 되어서는
아무 말도 않은 채
은총 어린 밤공기를 음미하곤 했었던가!
감옥 안의 죄수가 푸른 숲으로
꿈결에 날아가듯,
우리 또한 몽상 속에
청춘의 첫 장으로 달려가곤 했었다.

48
어느 시에 등장하는 시인의 초상처럼,*
가슴에는 연민을 가득 안고
화강암 벽에 기대
예브게니는 서 있었다.
사방은 고요한데
다만 야경 소리 오가고,
밀리온나야 거리의 아득한 마차 소리
불현듯 울려오고,

조각배 한 척만이 노 저으며
잠결의 강물 위를 떠가고 있다.
머나먼 노랫소리, 아득한 뿔피리에
우리는 빠져들고······
하지만 한밤의 즐거움 중
타소의 8행시만큼 달콤한 것은 없지!

49

아드리아 해의 파도여,
오, 브렌타 강이여! 아니다, 너를 두 눈으로 보며
다시금 영감에 부풀어
네 마법의 목소리를 들으리라!
아폴론의 후예들이 기려 온 그 목소리,
알비온의 도도한 리라 통해
내게는 귀에 익은 한 핏줄의 그 목소리.
이탈리아의 황금빛 밤이 오면,
때로는 재잘대고 때로는 말 없는
베네치아 아가씨와
은밀한 곤돌라에 단둘이 올라
자유로이 환락을 즐기리라.
그녀와 함께 나의 입도 페트라르카와 사랑의
언어를 구사하게 될 터이니.

50

내 자유의 순간이 오기는 오려는가?
어서, 어서! — 자유를 불러 본다.
바닷가를 서성이고* 순풍을 기다리며
돛을 향해 손 흔든다.
폭풍의 옷 걸치고 파도와 싸워 가며
고삐 풀린 바다의 기로 따라
나 언제쯤 자유로운 도주를 시작하려나?
자연조차 내게는 적의를 품은
이 지루한 해안에 등을 돌린 채
남국의 물결 위,
아프리카 고향의 하늘 아래서*
내가 고통받고 내가 사랑했던 곳,
내 가슴이 묻혀 있는 이 음울한 러시아를
애타게 그릴 때도 이제는 되었건만.

51

오네긴은 나와 같이
이국 땅에 가 볼 참이었으나,
운명이 곧 우리를
오랜 기간 갈라놓았다.
때마침 부친이 세상을 떠났던 것.
탐욕스러운 채권자들 떼 지어서

오네긴 주위로 몰려들고,
저마다의 생각과 논리를 들이대니,
소송을 혐오하는 예브게니는
숙명이라 받아들여
그들에게 유산을 몽땅 내줬다.
그다지 손해라는 생각이 없었는지,
아니면 늙은 숙부의 죽음을
일찌감치 예견했던 때문인지.

52

정말로 어느 날 불쑥 그는
임종을 코앞에 둔 숙부께서
작별을 고하고자 하신다는
관리인의 전갈을 받게 되었다.
슬픈 편지를 읽자마자
예브게니는 즉각
역마차로 달려갔는데,
한숨과 지겨움과 가식도 불사하며
오로지 돈 때문에 가고 있자니
(이 대목이 내 소설의 시작이었다),
벌써부터 하품만 나오는 것이었다.
그런데 시골에 다다랐을 땐,
숙부는 이미 대지에 바치는 공물처럼

장례 탁자 위에 누워 있지 않은가.

53

마당은 하인으로 가득 차고,
고인 찾아 각지에서
친구와 원수들이 모여든다.
장례식 좋아하는 족속들이다.
고인은 땅에 묻고,
신부와 손님들은 먹고 마시고,
그러고는 큰일 했다는 듯
엄숙한 표정으로 떠나들 갔다.
마침내 시골의 촌민이 된 오네긴,
여태껏 질서를 무시하며 방탕했건만,
제조장과 물과 숲과 땅의
엄연한 주인이 된 우리의 오네긴은
예전과는 뭔가 다른 인생이 펼쳐져
무척이나 반가웠다.

54

인적 드문 초원과
어두운 떡갈나무 숲의 서늘함,
고요하게 흐르는 시냇물 소리가
이틀간은 새로워 보였다.

사흘째에 이르자 언덕이고 초원이고

더 이상은 관심이 없어졌고,

그다음엔 잠만 오는 것이었다.

그다음엔 분명히 깨달았다.

비록 큰길이나 궁전,

카드놀이, 무도회, 시는 없지만,

시골에도 지루함은 있다는 것을.

우울증은 그의 뒤를 감시하며

어디든 따라다녔다.

그림자처럼, 충실한 아내처럼.

55

나로 말하자면, 평온한 삶과

시골의 정적 위해 태어난 사람이다.

벽지에서 리라는 더 잘 울리고

창작의 몽상 또한 더더욱 생생한 법.

무구한 한가함에 몸을 맡긴 채

텅 빈 호숫가를 거닐곤 하는

나의 법칙은 *far niente* (아무것도 하지 않는다).

달콤한 안일함과 자유를 위해

매일 아침 눈을 뜨고,

책은 조금 읽고, 잠은 오래 자며,

허망한 명예 따윈 좇지 않는다.

과거에 난 그렇게
아무것도 하지 않고 그늘 아래서
행복한 나날들을 보내지 않았던가?

56
꽃, 사랑, 시골, 무위,
초원! 내 마음은 그들의 것이어라.
오네긴과 나 사이의 차이점을
언제라도 기꺼이 언급하는 건,
비웃음에 가득 찬 독자나
교묘한 비방을 일삼는
발행인 그 누구도
이 책에서 내 모습을 찾아내곤
나 역시 오만한 시인 바이런처럼
자신의 초상화나 낙서하여 놓았다고,
마치 자기 자신 이외에는
그 무엇에 대해서도 더 이상
우리가 시를 쓸 수 없다는 양
뻔뻔스레 떠드는 걸 방지하기 위함이다.

57
한마디만 덧붙이면, 시인이란 누구나
몽상적인 사랑의 친구이기 마련이다.

예전에는 사랑스러운 존재들의
꿈을 꾸었고, 가슴속에
비밀스러운 그 형상을 간직해 두면,
그다음엔 뮤즈가 그것을 되살려,
난 아무 걱정 없이
산 지방의 아가씨를, 나의 이상형을,
살기르 강가의 노예들을 노래하곤 했었다.
벗들이여, 요즘 그대들은
내게 종종 이렇게 물어 온다.
"그대의 리라는 누굴 향해 한숨짓나?
질투 어린 처녀들 중 누구에게
그대 리라의 선율을 바쳤는가?

58

영감을 불러내며 사랑스러운 애교로
그대의 사색적인 노래에 보답한
그 눈길은 누구의 것이던가?
그대 시는 누구를 찬미하나?"
벗들이여, 그 누구도 아니라네!
사랑의 광적인 격랑을
난 기쁨 없이 겪었다네.
사랑의 격랑과 운율의 열병을
하나로 엮었던 자, 복이 있나니,

그는 그리하여 페트라르카의 뒤를 좇아
시의 성스러운 헛소리를 배가하고
가슴 안의 고통은 조용히 잠재우며
그 와중에 명성도 얻었다만, 그러나
사랑하던 때의 난 바보 벙어리였다.

59

사랑은 지나갔고, 뮤즈가 나타나,
침침한 내 이성은 빛을 찾았다.
자유를 얻은 나는 다시금 마법의 음률과
감정과 생각의 합일을 구해 본다.
쓰는 것이다. 가슴은 괴로워 않고,
멍해진 틈을 타서 펜으로
쓰다 만 시 옆에다 여자의 발이나
얼굴 따위 그려 놓는 법도 없다.
꺼져 버린 불씨는 더 이상 타지 않고,
여전히 슬프지만, 더 이상 눈물도 없다.
그리고 곧, 이제 곧, 폭풍의 흔적마저
가슴에서 완전히 지워지리니,
바로 그때 난 쓰기 시작하리라,
스물다섯 편으로 된 서사시를.

60

주인공의 이름과 형식은

이미 정해졌고,

그사이 내 소설의 첫 장도

완성되었다.

전부 꼼꼼히 다시 읽어 보니

모순투성이지만,

고쳐 쓰고 싶지는 않다.

검열에 대한 의무를 다한 후엔

평론가의 먹이로

내 노고의 결실을 내줄 테다.

갓 태어난 창조물이여,

이제는 네바 강변으로 떠나가거라.

그리하여 영광의 찬사를 받아 오거라!

곡해와, 소란과, 비난을!

제2장
〔시인〕

O rus······!
—Hor.
(오 시골······!
—호라티우스)
오 루스!*

1

시골 — 예브게니가 지루해한 — 은
아름다운 곳이었다.
소박한 안락을 즐기는 사람이면
그곳에서 하늘에 찬미를 올렸을 일.
바람막이 산으로 둘러싸인
지주의 외딴집은
시냇가에 서 있었다. 집 앞으로
저 멀리 초원과 황금 밭엔
알록달록 꽃이 피고
촌락들 드문드문. 여기저기
초원을 서성이는 가축 떼들.
사색적인 숲 요정의 은둔처인
황량하고 거대한 정원에는

울창한 그늘이 드리워져 있었다.

2
유서 깊은 대저택은
대저택에 걸맞게 지어져 있어
지혜로운 옛날식 취향대로
더없이 견고하고 안온했다.
사방에 천장 높은 방들,
응접실엔 비단 벽지,
벽에는 황제의 초상화들,
색색 가지 타일 덮인 벽난로들.
왜인지는 잘 몰라도
모두가 이제는 유행에서 사라진 것들.
하기야 나의 친구에게
그건 아무래도 좋았다.
신식이든 구식이든
하품이 나오는 건 매한가지 아니던가.

3
시골 터줏대감이 40년간
관리인 하녀와 싸우고,
창밖도 내다보고, 파리도 잡던
바로 그 방에 그는 자리 잡았다.

모든 게 소박했다. 떡갈나무 마루,
장롱 두 개, 책상 하나,
잉크 얼룩 한 점 없는 푹신한 소파.
오네긴이 장롱 하나 열어 보니
회계 장부 한 권 있고,
다른 장롱 열어 보니 한 칸 가득 과실주와
사과 주스 항아리들, 그리고
1808년도 달력 한 장.
할 일 많던 늙은 양반,
다른 책은 보지를 않았던 거다.

4
자신의 영지에 홀로 남은 후,
오로지 시간을 죽이기 위해
우리의 오네긴은 우선
새 체제를 도입하기로 했다.
이 고독한 현자는 자신의 벽지에서
자자손손 이어져 온 부역의 멍에를
가벼운 소작료로 대체했고,
농노는 운명에 감사했다.
반면 계산 빠른 이웃은
새 제도의 끔찍한 해악을 보며
구석에서 불평했고,

누구는 또 사악하게 비웃었고,
모두들 입을 모아 결론지었다.
그는 위험천만한 기인이라고.

5
처음에는 모두들 그에게로 방문 왔다.
그러나 큰길에서
시골 마차 소리만 들려왔다 하면,
늘 뒷문 현관으로
돈 강 지역 종마를 대령시켜 버릇하니, ―
그런 행동에 모욕감을 느끼고,
사람들은 하나같이 발길을 끊었다.
"우리의 이웃은 예의가 없다, 미치광이다,
파르마존이다, 컵으로 오직
적포도주만 마신다,
부인의 손에도 입 맞추지 않는다,
언제나 무뚝뚝한 '네'와 '아니요' 뿐,
경어 한마디 쓸 줄 모른다."
이렇게 그들은 생각했던 것이다.

6
그즈음 시골에
새로운 영주가 또 한 명 등장하여

마찬가지로 이웃들
준엄한 논평의 대상이 되었으니,
이름은 블라디미르 렌스키,
괴팅겐의 영혼 그 자체인
미남이자 열혈 청춘,
칸트의 숭배자요 시인이었다.
안개 낀 독일에서
그가 수입해 온 학업의 결실이란
자유를 원칙 삼는 몽상과
격하고도 꽤 기이한 성질,
한결같이 열광적인 말투, 어깨까지
내려오는 검은색 곱슬머리였다.

7

타락한 세상의 쓰디쓴 맛에
아직 시들지 않은 그 영혼은
친구의 환호와 처녀들의 손길로
달구어져 있었다.
가슴속은 착한 숙맥,
그는 희망에 부풀어 있었으며,
그의 젊은 생각은 여전히
세상의 새 광휘와 소란에 매료되어 있었다.
달콤한 몽상으로

가슴의 의혹들을 달래 주던
그에게 우리 인생의 목적은
알 수 없는 수수께끼.
그는 그 문제로 오랫동안 골몰했고,
기적의 존재를 의심했다.

8

그는 믿었다. 영혼의 짝을 만나
둘이서 하나가 될 터,
그 영혼은 낙 없는 슬픔에 잠겨
매일매일 자신만을 기다린다고.
그는 믿었다. 그의 명예 위해
친구들은 쇠사슬도 겁 안 내며
손 하나 떨지 않고
적의 심장을 박살 낼 것이라고,
운명에 의해 선택받은
인류의 거룩한 벗들이 있어
영원불멸인 그들이 내뿜는
필승의 빛이 언젠가는 우리를 비추며
온 세상에 지복을 가져다줄 것이라고.

9

분노와 연민,

선(善)을 향한 순결한 사랑,
영광의 달콤한 고통이
일찍부터 그의 피를 끓게 했다.
그는 리라 들고 세상을 떠돌았고,
실러와 괴테의 하늘 아래
그들이 피워 올린 시의 불길로
그의 가슴은 타올랐다.
행운아였던 그는 숭고한 뮤즈의 예술을
결코 욕보인 적 없었으며,
언제나 숭고한 감정과
순결한 몽상의 분출과
당당한 소박함의 멋을
노래 속에 도도히 간직하였다.

10

사랑에 열중하여 사랑을 노래하니,
천진한 처녀의 생각이 그러하듯,
어린애의 단잠이, 고요한 밤하늘의
달님이 그러하듯, 부드러운 한숨과
신비 지닌 여신이 그러하듯,
그의 노래 언제나 청아하였다.
그는 노래했다, 이별과 슬픔을,
'무언가'를, '안개 낀 저 먼 곳'을,

낭만적인 장미들을.
그는 또 노래했다, 고요한 은둔 속에
솟구치는 눈물로 오래오래
젖어 있던 머나먼 이국 땅을.
열여덟도 되기 전에 퇴색해 버린
인생의 꽃송이를.

11
예브게니 혼자만이 그의 재능 알아주던
황무지에서
이웃 마을 지주들의 연회 따위
그의 맘에 들 리 없었고,
시끄러운 대화에도 그는 등을 돌렸다.
풀베기며 포도주며
사냥개며 일가친척 운운하는
상식적인 대화 속엔
반짝이는 감정도,
시적인 불꽃도,
재치도, 지성도,
공생의 기술도 물론 없었지만,
상냥한 부인들의 대화란 건
그보다도 한층 더 어리석을 뿐이었다.

12

돈 많고 잘생긴 렌스키는

어딜 가나 신랑감 대접을 받았으니,

그것이 곧 시골의 풍습인지라

이 '반쪽 러시아인 이웃'에게

모두들 하나같이 자기 딸을 짝짓곤,

그가 나타났다 하면 금세

홀아비 생활의 지루함에 대하여

대화를 끌어갔다.

차 마시러 오라 해 가 보면

그 집 딸 두냐가 차 따르고,

"두냐, 잘 봐 둬라!" 귓속말 해 대는 식.

이어 기타가 등장하며

앵앵대기 시작하는 그녀의 노래란(오, 맙소사!) —

'내 황금빛 궁전 안에 들어오세요!……'*

13

물론, 결혼의 족쇄 따위

관심 없던 렌스키는

오네긴과 친밀해지기만을

진심으로 원했었다.

그들은 잘 맞았다. 파도와 바위,

시와 산문, 얼음과 불꽃도

그 둘만큼 딴판은 아니었으리.
처음에는 너무 달라
서로가 지겹더니,
얼마 안 가 서로가 좋아지고, 나중에는
매일매일 말 타고 어울리며,
곧 떨어질 수 없어졌다.
그렇게 사람들은(나부터가 그렇지만)
'할 일 없어' 친구가 되기도 한다.

14
하지만 그나마의 우정조차 없는 우리.
온갖 편견들을 근절하는 차원에서
다른 모든 사람들은 제로로 간주하고,
자신만을 단위로 삼는 거다.
나폴레옹을 주목하는 우리들 모두에게
두 발 달린 수백만 피조물은
수단에 불과한 법. 인간의 감정이란
우습고도 괴상하다 여길 뿐이다.
예브게니는 다수에 비해 좀 나았던 편.
물론 그도 인간들에 대해서는 잘 알고
있었으며 대체로 그들을 경멸했지만,
그래도(예외 없는 법칙은 없다)
개중의 일부에겐 특별 대우 해 주었고,

남의 일일지언정 감정을 존중했으니.

15

미소를 머금은 채 그는 들었다.
시인 렌스키의 열렬한 대화,
아직은 판단이 불확실한 그의 이성,
한없이 영감에 찬 그 시선, ─
오네긴에겐 모든 것이 신선했다.
찬물을 끼얹는 말들은
입안에 담아 두려 애쓰면서,
생각했다. 이 친구의 일시적인 행복을
방해하면 바보렸다.
나 없이도 때는 올 터.
그때까진 그냥 살며
세상의 완벽함을 믿도록 하자.
젊은 날의 열병과 젊은 열기와
젊은 헛소리, 그 모든 걸 용서해 주자.

16

그들에겐 모든 것이 논쟁과
사색을 불러일으켰다.
옛날 옛적 사람들의 조약들,
과학의 결실들, 선과 악,

뿌리 깊은 편견들,

무덤에 얽힌 숙명적 비밀,

그러고는 돌아가며 운명과 인생,

이런 것들이 심판대에 올라왔다.

견해를 피력하다 열에 들뜬 시인은

몰아지경에 빠져들어

북방의 서사시 몇 구절을 낭송하고,

그럴 때면 예브게니는 아량을 베풀어

별 이해 못하는 가운데도 열심히

어린 친구에게 귀 기울였다.

17

그렇지만 내 은둔자들이 보다 자주

골몰했던 건 열정의 문제.

그 격렬한 위력에서 도망쳐 온 오네긴은

자기도 모르게 후회의 한숨 지으며

그것을 애기했다.

정열의 격동을 맛보고서

마침내는 떠나온 자, 복이 있나니.

하나 그것을 알지 못한 자,

사랑은 이별로 차게 식히고

적의는 독설로 식혀 버린 자, 때때로

친구들과 아내와 함께 모여 하품하고

질투 어린 고통에도 시달림 없이
조상의 든든한 재산을 사악한 도박에
쏟아 붓지 않았던 자, 더더욱 복되어라.

18
분별 있는 평온함의 깃발 아래
우리가 닻을 내릴 때,
격정의 불길 식어
그것의 방자함과 충동과
때늦은 화답 모두
우습게만 여겨질 때, ―
가까스로 유순해진 우리들은
다른 이가 겪고 있는 폭풍 같은 열정의
이야기를 즐겨 들으며
덩달아 가슴을 울렁대곤 한다.
자신의 오두막에 남아 잊혀진
늙은 상이용사가
콧수염 난 청년들의 이야기에
열심히 귀 기울이듯.

19
그에 반해 불타는 청춘은
아무것도 못 숨긴다.

적의, 사랑, 슬픔과 기쁨을
청춘은 언제라도 떠벌릴 태세.
자신을 사랑의 상이용사 취급하며
근엄한 얼굴로 오네긴은 경청했다.
속마음의 고백을 사랑하는
시인이 어떻게 그것을 토로하는지.
시인은 순진한 양심을
솔직하게 드러냈고,
우리에겐 익히 알려진,
감정으로 넘쳐 나는 이야기,
그 사랑의 풋이야기를
오네긴은 쉽게 간파할 수 있었다.

20
아, 시인은 사랑하고 있었으니, 그것은
우리 시대는 이미 사랑하지 않는 방식,
시인의 미쳐 버린 영혼만이 아직도
사랑할 수 있는 방식 그대로였다.
언제 어디서나 하나만을 꿈꾸며
하나만을 여전히 열망하고
하나만을 여전히 슬퍼하는.
냉담을 불러오는 거리감도
오랜 세월의 이별도

뮤즈에게 바친 시간도
이국의 미녀들도
환락의 소음이나 학문조차도
순결한 불길로 뜨거워진 영혼을
바꿀 수는 없었다.

21
소년 시절, 가슴의 고통을 미처
모르던 시절, 올가에게 반한 그는
장난치는 여자애를
감동의 눈길로 지켜보았고,
방벽 같은 참나무 그늘 아래선
함께 장난질을 치기도 했다.
이웃 친구였던 두 아버지는
자식들을 맺어 주자 약속했다.
시골의 온화한 보호 속에 자라나
순수한 매력으로 가득 차 있던
그녀가 부모 눈에는
깊은 풀밭에서 나비도 벌도 모르게
살며시 피어오른
은방울꽃만 같았다.

22

그녀는 시인에게
젊은 환희의 첫 꿈을 선사했고,
그녀를 향한 생각 속에서
그가 부는 피리의 첫 신음은 흘러나왔다.
황금빛 유희들이여, 안녕!
그는 사랑하게 되었다. 울창한 풀숲과
고독과 고요와
밤과 별과 달을.
달, 하늘의 등불인 저 달에게
우리는 저녁 어둠 속의 산책과
눈물과 비밀스러운 고통의 기쁨을
바쳐 왔다만……
그러나 이제 그 달은
희미한 가로등의 대용물일 따름이다.

23

언제나 겸손하고 언제나 온순하고
언제나 아침처럼 명랑하고
시인의 삶처럼 순진하기 그지없고
사랑의 키스처럼 달콤한 그녀였다.
하늘처럼 푸른 두 눈,
미소, 아마 빛 머리 타래,

몸짓, 음성, 날렵한 몸매,

그 모두가 올가에겐 있었다…… 하지만 어떤 소설을

펼쳐도 어김없이 등장하는

그녀의 초상. 무척이나 아름다워

나도 한때 사랑한 적 있었지만,

이제는 너무나도 지겨워졌다.

그러니 독자 여러분,

그녀의 언니를 소개하련다.

24

이름은 타티아나……*

그런 이름으로 섬세한 소설의

페이지를 멋대로 장식하긴

처음일 거다. 그런들 어떠한가?

어여쁘고 음악적인 이름 아닌가.

하지만 그 이름을

옛 시대나 하녀 방과

떼어 놓긴 어렵겠지! 모두가 인정해야

하는 것은, 이름에 관한 한

(시에 대해서는 언급을 회피한다)

우리의 취향이 나쁘다는 점.

우리에게 개화는 정착되지 않았으니,

개화를 통해 습득한 것이라곤

잘난 척하는 일, ― 그것뿐이다.

25

하여튼 그녀의 이름은 타티아나.

동생같이 예쁜 것도,

동생처럼 싱그러운 홍조를 지닌 것도

아니어서 눈길을 끌지 못했다.

다듬어지지 않고, 우울하고, 과묵하고,

숲 속의 사슴처럼 소심하고,

가족들 틈에서도

남의 집 아이 같고,

아빠나 엄마에게

응석도 못 부리고,

자신은 어린애이면서 애들 틈에 섞여

놀며 깡충대기 싫어하고,

하루 종일 그저 혼자 말없이

창가에 앉아 있곤 했다.

26

갓난아기 시절부터 그녀의

친구였던 사색은

한가하게 흐르는 시골 생활을

몽상으로 장식해 주었다.

그녀의 곱디고운 손은
바늘을 잡아 본 적도,
수틀에 고개 숙여
천 위에 비단 장식을 해 본 적도 없다.
지배욕의 전조라 할 수 있는데,
아이는 말 잘 듣는 인형을 갖고 놀면서
사교계의 법칙인 예의범절
익혀 가며 엄마의 설교를
엄격한 표정으로
인형에게 반복하곤 하는 법.

27
하지만 그 나이 때조차 타티아나는
인형에 손을 대지 않았고,
마을의 소문이나 유행에 관해서도
인형과 소곤대는 법이 없었다.
아이들의 장난도
그녀에겐 낯설어서, 차라리
한겨울 밤 어둠 속에 들려오는
무서운 이야기가 마음을 더 끌었다.
유모가 올가 위해
꼬마 애들을
드넓은 초원으로 모두 불러 모아도

술래잡기 놀이에 끼지 않았다.
찢어지는 웃음소리, 경박한 놀이의
온갖 소동이 지루했을 뿐.

28
창백한 하늘에 뜬
별들의 윤무가 사라지고
대지의 한쪽 끝이 살며시 밝아 오면서
아침의 전령인 바람이 불어 대는,
그러면서 서서히 새날이 밝아 오는
동틀 녘을 그녀는 발코니에서
앞서 맞기 좋아했었다.
겨울이 와 밤의 어둠이
오래오래 세상의 반을 감싸고,
한가로운 정적 속에 오래오래
구름 낀 달빛 받으며
게으른 동녘이 잠들어 있을 때도,
그녀는 정해진 시각에 몸을 일으켜
촛불 아래 앉았다.

29
일찍부터 소설을 좋아했고,
소설이 모든 것을 대신했다.

리처드슨과 루소의 허구 속에
그녀는 빠져들었다.
마음 좋은 아저씨였던 아버지는
지나간 시대를 살고 있었지만
책에서는 해악을 보지 않았고,
책이라곤 한 번도 읽는 적 없이
다만 하찮은 장난감 취급하면서
아침이 되도록 딸의 베개 밑에
잠들어 있는 은밀한 책의 존재를
상관조차 하지 않았다.
부인으로 말하자면, 그 자신이
리처드슨에 미쳐 있었고.

30
그녀가 리처드슨을 좋아한 건
그의 책을 읽어서가 아니었고,
그의 책에 등장하는 러블레이스보다
그랜디슨이 더 좋아서도 아니었고,*
다만 옛날 옛적 모스크바의 사촌인
공작 딸 알리나가
그 이름을 자주 입에 올렸던 때문.
지금 남편이 그때는 약혼자였는데,
그녀가 원한 상대는 아니었다.

사실 가슴으로나 머리로나
훨씬 더 좋아한 사람 때문에
한숨짓곤 했었으니,
그녀의 그랜디슨은 뛰어난 멋쟁이요
노름꾼이자 친위대 중사였다.

31
그 사람만큼이나 그녀 또한 언제나
유행과 외모 따라 옷을 입었다.
하지만 그녀와는 상의도 없이
부모는 그녀를 시집보냈고,
신부가 슬픔을 잊을 수 있게
현명한 남편은 부리나케
시골로 떠나왔다. 그녀는
아는 사람 하나 없는 이곳에서
처음에는 울고불고 야단하며
거의 이혼에 이르렀다가,
이후 살림에 손대더니
익숙해져 만족하게 되었다.
습관이란 하늘이 준 선물로,
행복의 대용품인 법.*

32

무엇으로도 쫓을 수 없는

슬픔을 습관이 달래 주더니,

곧이어 대단한 발견으로

그녀는 완벽하게 치유되었다.

분주함과 한가함의 중간쯤에서

남편에게 군림하여 조종하는

비밀을 발견하였고,

그 후로는 만사형통.

볼일 보러 나다니고,

겨울용 버섯 절이고,

가계부 정리하고, 농노들 앞머리 깎아 주고,

토요일엔 목욕 가고,

화가 나면 하녀들 매질하고 ─ 이 모두를

남편의 허락 없이 해 버리는 것이었다.

33

상냥한 처녀들의 앨범에

혈서까지 쓰곤 하던 그녀였다.

프라스코바를 폴리나라 부르고,

노래하듯 말하고,

꼭 끼는 코르셋 입고,

러시아어 *N*은 프랑스식으로

콧소리로 발음했었다.
하지만 모두가 곧 자취를 감춰
코르셋도, 앨범도, 공작 딸 알리나도,
감상적인 시를 적던 공책도
잊고, 예전의 셀린을 아쿨카라
부르기 시작했다. 그리고 마침내는
솜 넣은 실내복과 부인모마저 되살렸다.

34
진심으로 그녀를 사랑했던 남편은
그녀의 계획들에 관여하지 않으면서
일체를 태평하게 신뢰했고,
자신도 가운을 걸친 채 먹고 마셨다.
그의 삶은 평탄하게 굴러갔다.
저녁때면 가끔씩
마음 좋은 이웃들,
격의 없는 친구들
모여들어 이것저것 개탄하고,
험담하고, 웃어 댔다.
그렇게 시간이 흐르는 사이
올가에겐 차 준비 시키고,
저녁 먹고, 취침할 시간 되고,
그러면 손님들은 돌아갔다.

35

평화로운 생활 속엔

옛날 옛적 구수한 풍습들이 지켜졌다.

풍요로운 봄맞이 축제 때는

러시아식 팬케이크를 구워 먹고,

1년에 두 번씩은 금식하고,

둥근 그네와 접시 점 노래와

윤무를 즐겼다.

성삼위 축일이면 사람들이 하품하며

기도문 듣는 동안

약초 다발 앞에 놓고 가련히

세 방울쯤 눈물 흘리곤 했다.

크바스를 공기처럼 마셔 댔고,

식탁에선 손님들 음식을

관등 순서대로 돌렸다.

36

그렇게 두 부부는 늙어 갔다.

그리고 마침내는 남편에게

무덤 문이 열리면서

머리 위에 새 화관이 씌워졌다.

그는 식사 시간 얼마 전,

이웃과 아이들과

누구보다 정순하고 충실했던 아내의
애도 속에 운명했다.
착하고 소박한 지주였던
그의 무덤에 새겨진
묘비명은 다음과 같다.
"주님의 종이요 준장이었던
겸허한 죄인 드미트리 라린,
이 비석 아래 평온을 얻다."

37
고향에 돌아온
블라디미르 렌스키는
이웃의 겸허한 비석을 찾아
한숨 한 가닥을 한 줌 재에 헌사하고
한참 동안 마음으로 슬퍼했다.
"*Poor Yorick!*" (가엾은 요릭) ─ 쓸쓸히 그는 말했다. ─
날 두 팔로 안아 주셨는데.
어릴 적엔 그분의 오차쿠프 메달 갖고
장난질도 꽤 쳤건만!
올가를 내 배필로 정하시며
그날을 볼 수 있으려나?…… 하셨었지."
그러면서 참된 슬픔에 벅차오른
블라디미르는 즉석에서

추모의 마드리갈을 지어 바쳤다.

38

그는 또한 거기서 눈물에 젖어
아버지 어머니 영전에도
슬픈 비문을 한 편 바쳤다······
아! 인생의 고랑에 맺힌
찰나의 수확물처럼
신의 비밀스러운 섭리 따라
한 세대가 싹트고 익고 사라지면,
또 다른 세대가 그 뒤를 잇고······
그렇게 우리 경망스러운 인간은
자라고 요동치고 들끓다가
조상들의 무덤가로 모여든다.
우리의 때도 곧 닥쳐오리니,
정해진 그 시간에 후손들은
우리를 상에서 밀어내리라!

39

벗들이여, 그때까진 이 가벼운 인생을
취하도록 마실지라!
그 허무함을 너무 잘 알아
난 삶에 연연치 않고,

헛된 환영에도 눈을 감았다.
하지만 아득한 희망에
때론 가슴이 뛰기도 하니,
아무런 흔적 없이
세상을 등진다면 그건 내게 슬프리라.
칭송받기 위해 살고 쓰진 않는다만,
그래도 난 바라나 보다.
내 슬픈 운명에 영광 있기를,
단 하나의 음이라도, 충직한 친구처럼,
나에 대한 기억으로 이어지기를.

40
그 음이 누군가의 마음을 울리고,
그래서 어쩜 운명의 비호 아래
나의 시구는
레테 강에 가라앉지 않게 되리니.
어쩜(낯간지러운 희망이여!)
미래의 문외한이
내 명성 높은 초상화를 가리키며
바로 그 시인이야! 라고 말하리니.
평화로운 뮤즈의 추종자여,
오, 내 쏜살같은 창조물을
기억 속에 간직할 그대여,

자애로운 손길로

늙은 나의 월계관 다독여 줄 그대여,

나의 감사 받을지어다!

제3장
〔귀족 아가씨〕

Elle était fille, elle était amoureuse,
— Malfilâtre

(그녀는 처녀였고, 그녀는 사랑에 빠져 있었다.
— 말필라트르)

1

"어딜 또 가시려나? 시인들이란 참!"
— 그럼 이만, 오네긴, 가야겠네.
"붙잡지 않지. 그런데 오늘 저녁은
어디서 보내려고?"
— 라린 댁. — "정말 놀랍군.
맙소사! 허구한 날 저녁을
그곳서 보내다니 힘들지도 않은가?"
— 전혀. — "이해할 수가 없어.
보나마나 뻔하지.
우선(내 말이 맞나 보게),
평범한 러시아 가정으로
손님에게 극진하고,
잼이 있고, 비, 아마 리넨,

외양간…… 등에 대한 끝없는 이야기들."

2

— 나쁠 거 없잖은가.

"지루한 게 나쁜 거지, 이 친구야."

— 난 자네의 유행 좇는 사교계를 혐오하네.

가족적인 모임이 훨씬 좋아.

거기서 난…… — "또 그놈의 목가 타령!

됐네, 친구, 제발 그만.

할 수 없지. 가게나, 유감이네만.

그런데 참, 렌스키, 자네의

필리스 좀 보면 안 될까?

자네 상념과 펜대와 눈물과

각운 *et cetera* (기타 등등)의 그 대상 말일세.

소개해 주게나." — 농담이겠지. — "전혀."

— 좋아. — "언제?" — 당장이라도.

우릴 무척 반길걸.

3

가세. —

두 친구 마차 몰아 한걸음에

당도하니, 때론 지나칠 정도의

옛날식 그대로 그들을

환대한다.

접대 수순은 익히 잘 알려진 바.

접시에 잼 내오고,

풀 먹인 식탁보 위에

감귤 주스 병 내놓고.

…………………………………

…………………………………

…………………………………

…………………………………

…………………………………

…………………………………*

4

두 친구는 전속력 다해

가장 빠른 길 따라 집으로 달린다.*

그들의 대화를

살짝 들어 볼까.

— 그래 어떤가, 오네긴? 자네 하품하는군. —

"습관이야, 렌스키." — 하지만 평소보다

더 지루해하는걸. — "아니, 똑같아.

그런데 밖이 벌써 어둡구나.

더 빨리! 달려라, 달려, 안드류슈카!

정말 멍청한 지방일세.

한데, 라린 부인은 소박하긴 해도
아주 친절한 할머니였어.
그 집 감귤 주스로 탈이나 안 날는지
걱정이긴 하네만.

5

그래 누가 타티아나였나?"
— 바로 그, 스베틀라나처럼
침울하고 말 없는,
왜 들어와서 창가에 앉았던. —
"자네 설마 동생과 사랑에 빠졌단 말인가?"
— 그래서 왜? — "나라면 언니를 택했을걸,
만약 내가 자네처럼 시인이었다면 말이지.
올가의 얼굴엔 생명이 없어.
반다이크의 마돈나를 빼어 박았지.
저 멍청한 하늘에 뜬
멍청한 달님처럼
둥그렇고 발그스레한 얼굴하며."
블라디미르는 퉁명스레 대꾸한 후론
가는 내내 아무 말도 하지 않았다.

6

한편 오네긴의 등장은

라린 집안 전체에
깊은 인상을 남겼으며
온 이웃의 호기심을 자극했다.
추측하고 억측하고
뒤에서 쑥덕쑥덕
농담하고 함부로 판단하고
타티아나 신랑감으로 점찍고
혹자는 심지어
결혼은 기정사실, 다만
유행하는 반지를 구하느라
미뤄지고 있다는 주장까지 해 댔다.
렌스키의 결혼으로 말하자면 이미
오래전에 확정지어 놓았던 그들이었다.

7

그런 쑥덕공론을 타티아나는
괴롭게 들으면서도 속으로는
알 수 없는 기쁨에
저도 몰래 그것을 생각했고,
가슴속의 상념은 깊어만 갔다.
때가 왔고, 그녀는 사랑에 빠진 것이다.
대지에 떨어진 씨앗이
봄의 불길로 생명을 얻듯.

그녀의 상상력이
안일과 애수 속에 타오르며
운명의 양식을 갈망한 지도 이미 오래.
진심 어린 고뇌가
그녀의 앳된 가슴을 죄어 온 지도 이미 오래.
영혼은 기다렸던 것이다…… 그 누군가를.

8

그리고 마침내…… 눈이 뜨이고
그녀는 외쳤다. 이 사람이다!
아! 이제는 낮이고 밤이고
뜨거운 고독의 꿈속이고
온통 그로 가득해, 사랑스러운 처녀에게
온통 끊임없이 마법의 힘으로
그만을 얘기할 뿐. 다정스러운 말소리도,
세심한 하녀의 눈초리도,
그녀에겐 성가시다.
우수에 잠긴 채
손님들 이야기는 듣지도 않고,
그들의 한가함과
예고치 않은 등장과
오랜 방문이 저주스럽기만 하다.

9

그녀는 이제 다시없는 집중 속에
달콤한 소설을 읽고
다시없는 생생한 황홀 속에
매혹적인 기만을 들이켠다!
공상의 행복한 위력으로
되살아난 창조물들,
쥘리 볼마르의 연인,
말렉 아델, 드 리나르,*
반항적 수난자인 베르테르,
그리고 우리에게 잠을 불러오는
저 유일무이의 그랜디슨, ─
그 모두가 이 다정한 꿈 처녀에게는
하나의 형상을 띠고
오로지 오네긴의 모습과 합쳤나니.

10

열렬히 사랑하는 작가들의
여주인공 클라리사, 줄리, 델핀을
자신이라 상상하며
타티아나는 위험한 책을 손에 든 채
홀로 숲의 고요 속을 거닌다.
그 책에서 찾고 구하는 것은

자신의 은밀한 열정과 자신의 꿈과
가슴 벅찬 결실들.
한숨짓고, 타인의 환희와
타인의 슬픔을 자기 것으로 만들며,
몰아지경 속에서 사랑하는 주인공을 위한
편지를 속삭여 암송하며……
하나 우리의 주인공은, 그가 누가 되었든,
그랜디슨이 아닌 것만큼은 분명했거늘.

11
장중한 양식으로 문장을 조율하며
열정에 찬 작가들은
자신의 주인공을
완벽의 화신인 양 그려 내곤 했었지.
언제나 부당하게 쫓기는
사랑스러운 인물에겐
감수성과 지성과
매력적인 외모를 부여했다.
순결한 열정의 불길을 품은
언제나 숭고한 주인공은
기꺼이 자기를 바치고자 했으며,
마지막 장 끝에 가면
언제나 악은 벌 받고

선이 응분의 화관을 쓰는 식이었다.

12

하지만 이제 모든 정신은 안개에 휩싸이고
도덕은 우리에게 졸음만 불러올 뿐.
매력은 악에 있어, 소설 속에서도
악이 득세로다.
영국 뮤즈의 황당한 이야기로
어린 처녀 잠 설치고,
오늘날 그녀의 우상은
사색하는 뱀파이어,
혹은 음울한 방랑자 멜모스,
혹은 영원한 유대인, 혹은 해적,
혹은 비밀스러운 스보가르.*
바이런 경의 멋진 변덕은
구제할 길 없는 이기주의마저
우울한 낭만주의로 포장해 놓았나니.

13

하지만 친구여, 그런들 어떠하리?
어쩌면 난 하늘의 뜻에 따라
시 쓰기를 그만둘 텐데.
새로운 악마가 나에게 찾아들면

아폴론의 으름장도 무시한 채
풀 꺾인 산문으로 몸을 낮추겠네.
옛날 옛적의 소설이
내 유쾌한 노후를 차지하겠지.
악행의 은밀한 고통을
끔찍하게 묘사하진 않을 걸세.
다만 러시아인 일가의 전설과
사랑의 매혹적인 꿈과
오래된 풍습만을
되풀이할 생각이네.

14
꼬부랑 아저씨나 아버지의
단순한 말투를, 늙은 보리수나무 곁
혹은 시냇가서 벌어지는
청춘 남녀의 해후를 얘기해야지.
불행한 질투의 고뇌,
이별, 화해의 눈물에 이어
또다시 싸우게 한 후, 마침내는
두 사람을 맺어 주리라……
지난날 그 언젠가
아름다운 연인의 발밑에서
내 혀끝으로 되뇌었던,

하나 이제는 아득해진
나른한 열정의 언어,
애수 어린 사랑의 그 말들을 불러내리라.

15
타티아나, 사랑스러운 타티아나!
나도 지금 너와 함께 눈물 흘린다.
유행 좇는 폭군의 손아귀에
이미 운명을 내맡겼으니,
사랑스러운 너는 파멸할지나, 그전에
눈부신 희망으로
어두운 행복을 불러
안일한 삶을 맛보리라.
마법 같은 욕망의 독을 마신 네게
몽상은 사라지지 않아,
어딜 가나 행복한 밀회의
은신처만 떠오르고,
어딜 가나, 어딜 가나 네 눈앞엔
운명의 유혹자만 보이는도다.

16
사랑의 우수에 잠긴 타티아나,
맘껏 슬퍼하러 정원을 향하건만

갑자기 두 눈이 고정된 듯
더 이상 걷기도 싫어진다.
가슴은 부풀고 두 뺨은
순식간의 모닥불로 지펴지고
숨결은 입술에서 얼어붙고
귓가는 윙윙, 눈가는 번쩍번쩍……
밤이 되어 달님은
저 먼 창공을 순찰하고,
꾀꼬리도 나무의 어스름 아래
낭랑한 선율을 퍼뜨리는데,
타티아나는 어둠 속에 앉아
유모와 나지막이 소곤댄다.

17
"잠이 안 와, 유모, 너무 답답해!
창문 좀 열고 내 곁에 앉아 봐요."
— 왜, 타냐, 무슨 일인데? — "울적해서,
옛날 옛적 얘기나 해요."
— 어떤 얘기, 타냐? 나도 예전엔
옛날 일들, 나쁜 귀신 이야기,
처녀들 이야기,
꽤나 기억했었는데
이젠 모두 흐릿해져서, 타냐.

알던 것도 다 잊었어. 그래,
이제 갈 때가 된 거지!
다 낡아 버렸단다…… ― "말해 줘, 유모,
유모의 옛날에 대해.
그때 사랑에 빠져 본 적 있어?"

18
― 큰일 날 소리, 타냐! 그 시절엔
사랑 같은 거 들어 본 일도 없지.
그랬다가는 돌아가신 시어머니에게
남아나지 못했을걸. ―
"아니 그럼 시집은 어떻게 갔어, 유모?"
― 그러니까 그게 신의 뜻이었나 보지. 우리 바냐는
나보다도 어렸단다, 타냐,
나는 열세 살.
중매쟁이가 두 주일쯤
친척 집을 왔다 갔다 하더니만, 이윽고
아버지가 날 내준 거야.
너무 겁나 슬피 우는데,
곡하면서 댕기 머리 풀어 주고는
노래하며 성당으로 데려가더군.

19

그러고는 낯선 집에 떠나보냈지……
그런데 내 얘기는 듣지도 않네…… —
"유모, 아, 유모, 난 슬퍼,
속도 거북해, 유모.
지금 당장 목 놓아 울 것만 같아!……"
— 우리 아기, 병이 났나,
신이시여, 가엾이 여기시어 구원하소서!
뭘 해 줄까, 말 좀 해 봐라……
성수를 뿌려 볼까,
몸이 뜨겁네…… — "아픈 게 아냐.
나…… 있지, 유모…… 사랑에 빠졌어."
— 아이고, 우리 아기, 신이시여 보호하사! —
기도하며 유모는 주름진 손으로
타냐에게 성호를 그어 주었다.

20

"사랑에 빠졌어." — 그녀는 다시 한 번
노파에게 구슬피 속삭였다.
— 소중한 우리 아기, 병이 났네.
"가만 놔둬. 사랑에 빠졌어."
그러는 동안 빛나는 둥근 달은
타티아나의 창백한 아름다움을,

풀어 헤친 머리칼과
눈물방울을, 백발에 두건 쓰고
긴 솜옷 입은 채
나무 의자에 앉아
여주인공 바라보는 늙은 유모를
애처로이 비춰 주었다.
감동적인 달빛 아래
모든 것이 고요히 졸고 있었다.

21
달을 바라보며 타티아나
마음은 멀리멀리 흘러 흘러……
불현듯 한 가지 생각이 떠올랐으니……
"가요, 날 내버려 둬.
유모, 펜과 종이 좀,
책상도 이쪽으로. 곧 잘게요.
안녕." 그렇게 그녀는 홀로 남았다.
정적. 달빛이 그녀를 비춘다.
팔꿈치를 괴고 타티아나는 쓴다.
마음은 온통 예브게니뿐.
그녀의 즉흥적인 편지 속엔
순결한 처녀의 사랑이 숨 쉬고 있다.
편지는 쓰여 접히고……

타티아나! 대체 누구에게 썼단 말인가?

22

가까이할 수 없는 미인들,

겨울처럼 차갑고 순결하며,

가차 없고, 꼿꼿하고,

머리로는 이해 못할 그네들을 나는 잘 알지.

그들의 유행하는 오만함과

천성적인 미덕에 질겁하여,

고백하노니, 줄행랑을 놓던 그때,

난 그들의 눈썹 위로

지옥의 비문 — "영원히 희망을 버릴지어다"* — 을

겁에 질려 읽었던 것도 같다.

사랑의 동요는 그들에게 재앙이요,

서슬 퍼런 위협은 그들의 기쁨이라.

아마 여러분도 네바 강 주변에서

비슷한 여인들을 보신 적이 있으리라.

23

충실한 추종자들 사이에서

열정적인 한숨과 찬사를

제 멋 겨워 무시하는

다른 유의 유별난 여자들도 보았나니.

그들에게 경악하며 발견했던 것이란?
그들은 준엄한 행실로써
수줍은 사랑에 찬물을 끼얹었다가,
최소한 동정의 이름 빌려
그 사랑을 다시금 불러들이고,
최소한 때로는
몇 마디 다정한 말도 건네어
순진하게 눈먼 연인
다시금 헛된 사랑 좇아
헤매게 만들곤 한다.

24
타티아나의 죄가 어째서 그들보다 크단 말인가?
사랑스러운 단순함으로
기만에는 눈감은 채
선택된 몽상만을 믿어서인가?
꾸밈없이 사랑하고
감정의 흐름 따라
쉽게 믿기 때문에선가?
폭풍 같은 상상력,
생생한 의지와 생각,
자기만의 사고,
그리고 타오르는 애틋한 가슴을

하늘에게 선사받은 때문에선가?
그대들은 정녕 그녀의
생각 없는 열정을 용서할 수 없단 말인가?

25

요부는 냉혹하게 판단하지만,
타티아나는 진지하게 사랑하면서
귀여운 아이처럼 사랑에
무조건 몸을 맡긴다.
나중에요 — 라는 말은 없다.
우리는 그런 식으로 사랑의 값을 높여
더 확실히 그물 안에 가둬 놓거늘.
처음에는 희망으로 허영심을
자극하고, 그다음엔 주저함으로
가슴을 괴롭히고, 그다음엔
질투의 불길로 되살리는 식.
그러지 않는 날엔 향락에 싫증 난
교활한 포로가 언제라도
족쇄 풀고 도망가려 하는지라.

26

내게 남은 곤경을 예견하노니,
조국의 명예 위해

타티아나의 편지를 번역해야 하는 일은

의심 없는 나의 의무.

그녀는 러시아어를 잘 몰랐고

잡지도 그다지 읽은 바 없어

모국어 표현이

서툴렀기에

프랑스어로 썼던 것이다……

별수 없잖은가! 다시 한 번 말하건대,

여태껏 숙녀의 사랑이

러시아어로 묘사된 바 없고,

여태껏 우리의 당당한 언어는

서간문에 익숙지를 못했으니.

27

숙녀에게 러시아어를 읽히고자

한다는데, 정말이지 걱정이다!

『온건파』* 잡지를 손에 든

그들이 상상이나 될 법한가!

시인들, 자네들 두고 하는 말일세.

사실이 아니던가, 자네들이

죗값을 치르느라 남몰래 시 쓰고

마음 바쳤던

사랑스러운 대상들은

하나같이 러시아어를
겨우겨우 서투르게 구사하면서
애교 있는 훼손을 끼쳐 왔고,
그들의 입술에선 외국어가
모국어로 뒤바뀌지 않았던가?

28

무도회장에서나
현관에서 인사할 때 행여
노란 숄 두른 신학생 혹은 부인모 쓴 학자와
마주치면 아니 될 일!
미소 없는 붉은 입이 별로이듯,
문법적인 오류 없는
러시아어가 난 싫다.
혹 어쩌면, 내게는 불행이 되겠으나,
잡지의 간절한 목소리에 귀 기울인
신세대 미인들이
우리에게 문법을 가르치고
시도 쓰게 될는지 몰라.
그러나 난…… 그런들 어떠하리?
난 옛날식을 고수할 터.

29

부주의한 오류투성이 대화와

부정확한 발음은

과거에도 그러했듯 내 가슴속

심장을 떨리게 만들리니.

내게 뉘우칠 힘은 없다.

프랑스식 말투는

지나간 내 어린 날의 과오처럼,

보그다노비치의 시처럼, 그저 사랑스러우리라.

그러나 그만. 이제는

내 미녀의 편지로 돌아와야 할 때.

일단 약속은 했지만, 이걸 어쩌나? 정말이지

지금은 물리고픈 심정이다.

오늘날 파르니의 부드러운 문체는

유행이 지났음을 나도 아는바.

30

고통스러운 우수와 술자리의 시인*이여,

여보게나, 자네가 지금 여기 있다면

과감한 청 하나로

자네를 괴롭히련만.

열정적인 한 처녀의 외국어를

마술적인 선율로

옮겨 불러 달라는 청 말일세.
지금 어디 있나? 와 주게. 내 권리를
자네에게 정중히 넘겨주겠어……
그러나 핀란드 하늘 아래
슬픈 절벽 사이로,
마음은 칭송에서 멀어진 채
홀로 방황하는 그 영혼에게
내 비애는 들리질 않는구나.

31
타티아나의 편지가 내 앞에 있다.
소중히 간직하며
은밀한 애수 속에 읽곤 하지만
아무리 읽어도 싫증 나지 않는 편지.
누가 그녀에게 그와 같은 다정함을,
귀엽게도 경솔한 말들을 선사했나?
누가 그녀에게 가련한 헛소리를,
해롭고도 매력적인, 저 마음의
정신 나간 이야기를 선사했나?
알 길이 없네. 하지만 여기
서투르고 불완전한 번역이 있다.
그것은 생생한 그림에서 베껴 낸
희미한 복사본, 아니면 겁먹은 학생들의

손가락이 연주하는 「마탄의 사수」.

오네긴에게 쓴 타티아나의 편지

　　당신께 씁니다 ― 더 무슨 말이 필요한가요?

그보다 더 무슨 말을 할 수 있나요?

이제 저를 경멸하며 벌주셔도

그건 당신의 자유입니다.

하지만 제 불행한 운명에

단 한 방울 연민의 정을 느끼신다면,

부디 이대로 절 버려두진 않으시겠죠.

처음에는 침묵하려 했답니다.

믿어 주세요. 만약 당신을

가끔씩만이라도, 일주일에 단 한 번만이라도

시골에서 볼 수 있는 희망만 있었던들,

당신 이야기를 듣고,

당신에게 말하고, 그러고는

다음번 만남까지 그것에 대해서만

밤이고 낮이고 생각할 수 있었던들,

내 이 치욕을 당신은

끝내 모르셨겠죠.

그런데 당신은 사람들을 싫어하신다고요.

시골 촌구석 모든 것이 당신에겐 지루하고,
우린…… 진솔하게 당신을 반겨는 드리지만,
내세울 것 없는 게 사실입니다.

　　왜 우리를 찾아오신 건가요?
잊힌 마을의 촌구석에서
난 영영 당신을 몰랐을 테고,
쓰디쓴 고통도 몰랐을 텐데.
경험 없는 영혼의 흔들림도
세월 따라 가라앉고
(누가 아나요?),
마음 맞는 사람 만나
정숙한 아내,
온화한 어머니가 되었을 텐데.

　　다른 남자!…… 아니, 세상 그 누구에게도
내 마음을 주었을 리 없어!
신들의 결정이든……
하늘의 뜻이었든, 난 그대의 사람인걸.
그대와의 진정한 만남을 위해
내 삶은 지금까지 저당 잡혀 있었을 뿐.
그대는 신이 내게 보내 준 사람,
무덤까지 날 지켜 줄 사람……

보이지 않는 모습으로 내 꿈에

나타나곤 했었어. 그때도 이미 내겐 멋졌고,

근사한 시선으로 날 애태웠었지.

마음속에 그대의 목소리 울려온 지

이미 오래…… 아냐, 그건 꿈이 아니었어!

그대가 들어서던 그 순간, 난 알아보았지,

온몸이 힘을 잃고 달아오르며

난 생각으로 말을 했어. 바로 그다!

사실이잖아? 난 그 목소릴 알고 있는걸.

내가 불쌍한 사람들을 도와줄 때,

불안한 영혼의 슬픔을

기도하며 위로할 때,

그대가 정적 속에 나와 얘기했었지?

그리고 언젠가 한순간

투명한 어둠 속에 잠깐 나타나

머리맡에 살며시 기대 왔던

그 다정한 환영도 그대였었지?

환희와 사랑으로 희망의 언어를

내게 속삭인 것도 그대였었지?

그대는 누구일까? 내 수호천사

아니면 사악한 악마?

내 의혹을 풀어 줘요.

어쩌면 이 모두가 헛된 일,

경험 없는 영혼의 허상인 걸까!

그리고 나는 전혀 다른 길을……

하지만 그래도 좋아! 이제부터

내 운명을 그대에게 맡기니,

그대 앞에 눈물 흘리고

그대의 보호만을 간절히 애원할 뿐……

생각해 봐요. 여기 난 홀로이고,

날 이해하는 이 하나 없고,

분별력은 약해져 가고,

그렇게 말없이 파멸하고 말리란 걸.

그대를 기다리고 있어. 단 한 번 눈길로

가슴의 희망을 되살리든지

아님, 아아, 응분의 꾸짖음으로

이 힘겨운 꿈에서 깨워 주기를!

　　여기서 끝내지요! 다시 읽기 끔찍하고……

부끄럽고 두려워서 죽겠지만……

내 마지막 보루는 당신의 명예.

그 앞에 과감히 나 자신을 맡깁니다……

32

탄식하고 한숨짓는 타티아나.

손에 든 편지가 떨리고,

불타는 혀 위에서
분홍빛 봉함 인지가 말라붙는다.
어깨 위에 떨궈진 그녀의 머리.
아름다운 어깨에서
흘러내린 가벼운 잠옷……
하지만 어느새 달빛이
잦아드니, 저 밖의 골짜기가
안개 속에 몸을 드러낸다. 저 밖 여울물도
은빛으로 반짝이고, 저 밖
목동들 뿔피리에 마을은 깨어난다.
아침이다. 모두들 오래전에 일어났건만
타티아나는 아랑곳없다.

33
그녀는 동튼 줄도 모르고,
고개를 떨군 채 앉아
편지에 인각 봉인
찍는 것도 잊어버렸다.
그런데 방문이 살짝 열리고,
백발의 유모가 어느새
차 놓인 쟁반을 들여온다.
"우리 아기, 일어날 시간이란다.
아이고 예뻐라, 벌써 준비되셨나!

새벽 새 같으니!

어젯밤엔 얼마나 걱정되던지!

정말 다행이야, 건강해 보이는걸!

한밤중의 슬픔은 흔적도 없고,

얼굴은 양귀비꽃 그대로네."

34

— 아, 유모, 부탁 좀 들어줘요. —

"뭐든지, 우리 아기, 말해 보렴."

— 절대…… 정말로…… 의심은 하지 말고……

있지…… 아! 거절하면 안 되는데. —

"하느님께 약속하마."

— 그러면, 조용히 손자 시켜

이 편지를 오…… 저 그……

그 이웃에게…… 손자에겐

아무 말도 하지 마라,

내 이름도 대지 마라 일러두고…… —

"우리 아기, 누구라고?

요즘 내가 멍해져서.

사방에 셀 수도 없을 만큼

이웃이 여럿이라."

35

— 유모, 그것도 모르다니! —
"타냐, 우리 아기, 나도 늙었단다,
늙고말고. 머리도 흐려지고.
그래도 예전에는 빨랐는데,
예전에는 나리 말씀을……."
— 아, 유모, 유모! 대체 왜 이래?
유모 머리가 나랑 무슨 상관이야?
봐요, 중요한 건 오네긴에게 보내는
이 편지라고. — "맞아, 중요한 거, 중요한 거.
화낼 거 없다, 우리 아기,
알잖냐, 내가 둔하다는 걸…….
아니 왜 또 이리 창백해졌지?"
— 됐어, 유모, 정말 괜찮아.
손자나 불러 줘요.

36

그러나 하루가 다 가도 답장이 없고,
그다음 날이 되어도 답장이 없다.
유령처럼 창백해져 아침부터 차려입고
타티아나는 기다린다. 답장이 언제 오나?
마침 올가의 숭배자가 왔다.
여주인 어머니가 질문하기를,

"그런데 친구 분은 어디 계신가?
우리에 대해서는 아예 잊으셨나."
타티아나는 얼굴이 화끈화끈, 온몸이 떨려 온다.
렌스키가 그녀에게 대답하기를,
— 오늘 온다고 그랬는데요,
우편물 때문에 늦어지나 봅니다. —
냉혹한 꾸지람을 들은 것처럼
타티아나는 시선을 내리깐다.

37
날은 저물어 식탁 위의 반짝이는
저녁 차 사모바르가 중국 찻주전자
머리에 인 채 소리 내며 끓고 있고,
주전자 아래서는 가벼운 김 모락모락.
어느새 찻잔마다
올가의 손이 따라 부은 향기로운 차
검은 물결 이루고,
일하는 아이는 크림을 들여온다.
내 사랑 타티아나는 창가에 선 채
차가운 유리창에 숨을 내쉬며
생각에 잠겨
희뿌연 창 위에다
아름다운 손가락으로

비밀의 머리글자 O와 E를 쓴다.

38

그러는 내내 그녀의 마음은 아파 왔고
지친 시선엔 눈물만 가득했다.
문득 말발굽 소리! ……피가 얼어붙는다.
더 가까이! 달려온다…… 그리고 마당에 들어서는
예브게니! "어머나!" ― 타티아나는 순간
유령보다 더 가볍게 다른 쪽 문으로 내빼
현관에서 마당으로 곧바로 정원으로
쏜살같이 내달린다. 뒤돌아볼
엄두도 내지 못하고 단숨에
화단, 다리, 풀밭,
호수 방향 오솔길과 숲을 지나
라일락 나뭇가지 부숴 가며
꽃밭들 뛰어넘어 시냇가까지,
그러고는, 헐떡이며, 벤치에

39

털썩……
"그 사람이 왔어! 예브게니가!
오 하느님! 그가 어떻게 생각했을까!"
고통으로 가득 찬 그녀의 가슴속엔

희미한 희망의 꿈 간직되어 있었던 것.
온몸이 불길처럼 타오르고, 떨면서
기다린다. 오지 않을까? 그러나 그는 안 오고,
정원에서 하녀들만 밭이랑 사이로
덤불 헤쳐 열매 따며
주인의 지시대로 소리 모아 노래하네.
(노래하는 바람에
그 발칙한 입안으로
주인집 열매를 살그머니
넣을 수가 없는 것이니,
영악한 농촌의 발상 아닌가!)

처녀들의 노래

처녀들아 미녀들아
얘들아 친구들아
놀아 보자 처녀들아,
마음껏 놀아 보자!
노래나 한 곡 하며
비밀의 그 노래로
우리들 춤 놀이에
총각이나 꾀어내자

총각을 꾀어낼 때

저쪽에서 보이면은

멀리멀리 도망가라.

버찌도 산딸기도

새빨간 앵두도

모두 모두 던질 테다.

비밀의 그 노래는

들을 수가 없단다.

처녀들의 이 놀이는

엿볼 수가 없단다.

40

처녀들은 노래하나, 그 낭랑한 목소리를

한쪽 귀로 흘리면서

타티아나는 다만 초조히 기다렸다.

심장의 두근거림 가라앉기를,

두 뺨의 화끈거림 사라지기를,

그러나 가슴은 계속 뛰고

두 뺨의 불길은 식을 길 없이

점점 더 뜨겁게만 타오르는데……

개구쟁이 소년에게 잡혀 든

애처로운 나비도 그렇게

무지갯빛 날개로 파닥파닥 반짝이고,

수풀 속에 몸 낮춘 사냥꾼을
저 멀리서 발견한 토끼도 그렇게
가을밭 위에서 떨고 있는가.

41
마침내 그녀는 한숨짓고
벤치에서 일어섰다.
걷기를 시작하여 오솔길로 들어서는
바로 그 순간, 그녀의 코앞에
두 눈이 형형한 예브게니,
무서운 유령처럼 서 있는 것 아닌가.
불길에 휩싸이듯
그녀는 멈춰 섰다.
그러나 독자여, 오늘은 더 이상
예기치 못한 이 만남의 결과를
이야기할 힘이 없네.
기나긴 얘기 끝엔 나도
거닐면서 한시름 쉬어야 할 터.
나중에 어떻게든 마무리하리.

제4장
〔시골〕

La morale est dans la nature des choses.

—Necker

(도덕적 원칙은 사물의 본질 안에 있다.

—네케르)

1~6*

7

우리는 여자를 사랑하지 않을수록

더 쉽게 사랑받고,

더 확실히 그녀를

유혹하여 파멸의 올가미에 몰아넣는다.

사랑의 기술로 이름 높은

방탕한 냉혈한은

어디서나 자신을 뽐내 가며

사랑 없는 사랑을 즐기곤 했지.

하나 그런 거창한 유희는

할아버지 시대에나 칭송받던

늙어 빠진 원숭이의 몫이랄까.

새빨간 구두 굽,
거창한 가발의 영광과 함께
러블레이스의 영광 또한 빛이 바랬다.

8
지겨워라, 거짓으로 가장하고,
똑같은 걸 모양 바꿔 반복하고,
일찍이 모두가 확신하고 있는 것을
새삼스레 확신하려 기를 쓰고,
한결같은 항변들 들어주고,
열세 살짜리 소녀조차
예나 지금이나 갖지 않은
편견들을 파괴하는 일이라니!
피곤해라, 위협과,
애원, 저주, 거짓 공포,
여섯 장에 이르는 편지,
기만, 소문, 반지, 눈물,
숙모와 모친의 감시,
그리고 남편의 부담스러운 우정이란!

9
바로 그렇게 예브게니는 생각했던 것.
일찍이 소싯적부터

폭풍 같은 방종과

고삐 풀린 열정에 희생당한 그였다.

인생의 습관에 버릇없이 길들여져

한 가지에 잠시 빠져드는 동안

다른 것엔 실망하고,

욕망으로 서서히 지쳐 가듯

가벼운 승리에도 지쳐 하면서

시끄러운 곳에서나 고요한 곳에서나

영혼의 영원한 불만에 귀 기울이고

하품을 웃음으로 억누르며,

그렇게 8년이란 세월의

청춘을 허비했던 그였다.

10

미인들과는 더 이상 사랑에 빠지지 않았다.

그 주위만 맴돌았을 뿐.

거절당하면 — 그 즉시 안도하고,

배반당하면 — 기꺼이 한숨 돌렸다.

기쁨 없이 그들에게 구애했고

그들의 애증은 기억조차 아득한 채

미련 없이 돌아섰다.

흡사 저녁 휘스트 게임에 들려

앉아 있다. 게임이 끝나면

손 털고 떠나
제 집에서 곤히 잔 후,
다음 날 아침 되면 저녁엔 또 어디 가나
저 자신도 몰라 하는
심드렁한 손님처럼.

11

하지만 타냐의 편지를 받고
오네긴은 짜릿하게 감동받았다.
처녀의 몽상적인 언어에
그의 생각은 통째로 뒤흔들려,
사랑스러운 타티아나의
창백한 안색과 우울한 모습이 떠올랐고,
달콤하고 순결한 꿈속으로
그의 영혼은 빠져들었다.
오래전 느껴 봤던 감정의 불길에
잠시 사로잡힌 것인지도 모른다.
하지만 귀 여린
무구한 영혼을 기만하고 싶지는 않았다.
그럼 이제 타티아나와 그가 만난
정원으로 날아가 볼까.

12

1, 2분간 둘 다 말이 없다가
오네긴이 입을 열었다.
"내게 편지를 썼더군요.
아니라고 하지 말아요.
귀 여린 영혼의 고백을,
순결한 사랑의 토로를 읽었소.
당신의 진실됨이 내게는 소중하오.
덕분에 오랫동안 잠잠했던
감정이 흔들렸으니.
하나 당신을 칭찬하고 싶지는 않소.
나 역시 가식 없는 자백으로
당신의 진실됨에 답하리다.
내 고백을 듣고,
직접 나를 심판해 주오.

13

만약 내 삶을 가정의 단란함에
구속하고 싶었던들,
만약 아버지로서, 남편으로서의
즐거운 운명이 내게 주어졌던들,
만약 내가 단 한순간만이라도
가족의 정경에 이끌렸던들,

정녕 당신 아닌

그 어떤 신부도 찾지 않았을 테지.

마드리갈식의 겉치레가 아니오.

과거의 이상을 찾은 나는

내 슬픈 나날의 동반자로,

아름다운 모든 것의 증표로,

정녕 당신만을 선택했을 것이오.

그리고 행복했을 것이오…… 얼마든지!

14

하지만 난 행복을 위해 태어나지 못했으니

내 영혼은 행복이 낯설기만 할 뿐이오.

당신의 장점들이 내게는 무용지물.

난 전혀 자격이 없소.

믿어 주오(양심을 걸고 말하건대),

결혼 생활은 당신에게 고통이 될 것이오.

내가 아무리 당신을 사랑했다 한들

익숙해지고 나면 곧 식을 거고,

당신은 울 것이오. 그 눈물은

내 마음을 움직이기는커녕

분노만 일으킬 거요.

한번 생각해 보시오, 히메나이우스 신이 우리 앞에

그것도 필경 아주 오랫동안

마련해 둔 장미꽃의 실상을.

15

밤낮으로 혼자인
가엾은 아내가
자격 없는 남편 때문에 슬퍼하고,
무뚝뚝한 남편은 그녀의 가치를 알면서도
(그럼에도 불구하고 운명을 저주하며)
언제나 찡그리고, 침묵하고,
성내고, 쌀쌀맞게 질투하는,
그런 가정보다 더 나쁜 게 이 세상에 또 있을까!
나는 그런 사람이오. 당신이 그토록 솔직하고
사려 깊은 편지를 내게 쓰면서
그토록 순수하고 뜨거운 영혼으로
찾아 헤매던 자가 그런 사람이었소?
과연 그것이 당신에게 예정된
가혹한 운명이란 말이오?

16

꿈과 세월은 돌아오지 않소.
내 영혼이 새로워질 수도 없고……
난 당신을 형제의 사랑으로,
어쩌면 그보다 더 다정하게, 사랑하오.

화내지 말고 들어주오.

젊은 처녀의 가벼운 꿈들은

끝없이 바뀌는 법.

그렇게 나무도 봄이 오면

자신의 나뭇잎을 바꾼다오.

그렇게 하늘이 정해 놓은 터.

당신은 또다시 사랑하게 될 것이오. 다만……

자기 절제를 배워야 하오.

모두가 나처럼 당신을 이해하진 못할 테니까.

순진함은 불행으로 이어진다오."

17

그렇게 예브게니는 설교했다.

눈물이 앞을 가려

숨조차 쉴 수 없이, 반론조차 할 수 없이

타티아나는 들었다.

그가 그녀에게 팔을 내밀자, 가련하게

(요컨대, '기계적으로')

타티아나는 지친 고개를 떨군 채

말없이 그의 팔에 기대었다.

둘은 텃밭을 돌아 나란히

집에 나타났고, 어느 누구

그에 대해 책잡으려 하지 않았다.

거만한 모스크바가 그러하듯
시골의 자유에도
나름 행복한 권리는 있으니까.

18
독자여, 동의하시겠지,
우리의 친구가 가엾은 타냐를
매우 근사하게 대했노라고.
그 영혼의 참다운 고결함이
이번에 처음으로 발휘된 건 아니었다.
비록 사람들의 악의는
그의 모든 것에 대해 가차 없었지만.
적들도 친구들도
(어쩌면 적과 친구는 하나인지도)
그를 이리저리 욕해 댔다.
세상 사람 누구나 적은 있는 법,
하지만 신이시여, 친구들로부터는 구해 주소서!
오 나의 이른바 친구들, 친구들이라!
그들이 이유 없이 떠오른 건 아니거늘.

19
그래서? 그냥 그렇다는 말.
헛되고 어두운 망상일랑 잠재우자.

다만 '괄호 안에 넣어' 언급하자면,
다락방에서 거짓말쟁이가 지어내
온 세상 군중에게 인정받은
저 비열한 비방과
하찮은 헛소리,
저잣거리 풍자시,
그 모두를 당신의 친구는 미소를 머금은 채
고상한 사람들에게
그 어떤 의도나 악의도 없이
실수인 양 수백 번씩 되풀이한다는 사실.
그런데 또, 그는 당신 편이자
당신을 친척인 양…… 사랑한다는 사실!

20
흠! 흠! 고결한 독자여,
당신의 친척은 모두들 안녕하신지?
이참에 '친척'의 의미가 과연 무엇인가를
내가 당신께 일러 드림이
어떠할는지.
친척이란 자고로 이런 사람들.
우리가 응석 부리고,
사랑하고, 진정으로 존경하고,
민족의 관습 따라

성탄절 때 찾아가거나
카드라도 보내는 존재.
덕분에 나머지 한 해 동안
우리에 대해선 잊고 지내는 존재……
그러니, 친척들은 만수무강할지어다!

21

반면 다정한 미인들의 사랑은
우정이나 혈연보다 믿음직한 것.
격렬한 폭풍의 와중에도
당신에겐 사랑의 권리가 있지.
암, 그렇고말고. 그러나 유행의 소용돌이,
또 본성의 변덕,
또 세상 여론의 흐름……
또 여자란 깃털처럼 가벼운 존재이고,
게다가 정숙한 아내라면
남편의 생각 또한
반드시 받들기 마련이라,
당신의 충실한 연인이
한순간에 사라져 버릴 수도 있다는 말씀.
사랑은 사탄의 장난일지니.

22

그러니 누구를 사랑하나? 누구를 믿나?
배반 안 할 유일한 자 누구이려나?
어느 누가 모든 일, 모든 말을
우리의 척도로써 친절하게 재어 줄까?
어느 누가 우리를 비방하지 않아 줄까?
어느 누가 우리를 자상하게 품어 줄까?
어느 누가 우리의 결점들을 참아 줄까?
어느 누가 영원히 싫증 나지 않으려나?
헛된 환영을 좇는 자여,
존경해 마지않는 나의 독자여!
괜한 힘 낭비 말고
자신이나 사랑하소!
가치 있는 대상인 자신보다 더
좋은 상대는 어디에도 없을 테니.

23

만남의 결과는 어떠했을까?
아, 안 봐도 뻔한 일!
사랑의 어리석은 고통은
슬픔에 목마른 젊은 영혼을
끊임없이 괴롭혔다.
아니, 가엾은 타티아나는 더더욱

기쁨 없는 열정으로 불타올랐다.
잠은 그녀의 침대에서 도망가고,
건강도, 삶의 꽃송이와 달콤함도,
미소도, 처녀의 평온함도,
모두 다 텅 빈 소리처럼 잦아들고,
사랑스러운 타냐의 젊음은 사라져 간다.
이제 막 동터 오는 아침이
폭풍의 어둠에 잠겨 버리듯.

24

아, 타티아나가 시들어 가다니,
창백하게 꺼져 가며 말을 잃다니!
그 무엇도 그녀의 관심을 끌지 못하고
그녀의 영혼을 움직일 수가 없다.
심각하게 고개를 저으며
이웃들은 쑥덕댄다.
시집갈 때가 왔군!……
하지만 됐다. 차라리
행복한 사랑의 정경으로
상상력을 환기하는 편이 낫겠지.
친애하는 여러분, 나도 몰래
가슴이 연민으로 찢어지오.
용서해 주시구려. 내 어여쁜 타티아나를

내가 이다지도 사랑하다니!

25

시간이 갈수록 점점 더
젊은 올가의 매력에 사로잡힌
블라디미르는 온 마음 다해
달콤한 노예가 되어 버렸다.
그는 그녀의 그림자. 그녀의 방에서는
어둠 속에 나란히 앉아 있고,
아침이면 손에 손 잡고
정원을 산책하고.
그리고 또? 사랑에 넋을 잃고
다정스러운 수줍음에 어쩔 줄 몰라
어쩌다 겨우 한 번
올가의 미소에 용기를 얻어
그녀의 풍성한 곱슬머리 만지작거리거나
그녀의 옷자락에 입 맞추곤 하는 거지.

26

이따금 올랴*에게
샤토브리앙보다도 더 많이
자연의 본성에 대해 아는 작가의
교훈적인 소설을 읽어 주다가

소설의 두세 장쯤

(처녀의 마음에 위험을 가하는

공허한 헛소리들, 꾸며 낸 이야기들)

낯 붉히며 건너뛰는가 하면,

다른 이들로부터 멀리 떨어져

때론 둘이서 체스 판에 팔 괴고

앉아 깊은 상념에 빠져드는데,

그럴 때면 렌스키는

얼이 빠져 자기 말[馬]도

잘못 잡을 지경이 된다.

27

집으로 돌아간들 집에서도

올가 생각.

가령, 그녀 줄 앨범의 날렵한 페이지를

열심히 장식하면서

그 안에다 시골 풍경,

묘비와 키프로스 신전,

리라 위에 앉은 비둘기를

펜으로 그려 살짝 색칠해 놓고,

기억의 페이지에는

다른 이들의 서명 아래

세월이 흘러도 언제나 한결같은

애틋한 시 구절을 남겨 놓는다.

몽상의 저 말 없는 기념비를,

찰나적인 생각의 장구한 자취를.

28

끝 장부터, 첫 장부터, 또는 사방에

친구들의 낙서로 더럽혀진

시골 아가씨의 앨범은

물론 여러 번 보셨으리.

거기엔 철자법을 무시한 채

전해 내려온 운율 없는 시구가

진정한 우정의 징표로서

줄이거나 늘여진 채 들어가 있기 마련.

맨 첫 장에 적혀 있는

Qu'écrivez-vous sur ces tablettes (여기에 무얼 쓰시렵니까)와

서명 *t. à v. Annette* (당신의 모든 것, 아네트).

그리고 맨 마지막 장에 써 넣은

"나보다 더 그대를 사랑하는 자는

내 뒤에 쓸지어다."

29

거기엔 틀림없이

하트 두 개와 횃불과 꽃이 있고,

'죽는 날까지 사랑한다'는
맹세도 십중팔구 있으리라.
군인 '가객'이 휘갈겨 놓은
사악한 시구도.
벗들이여, 고백하노니, 그런 앨범엔
나 또한 몇 자 적기 좋아하지.
내 열렬한 헛소리 하나하나
호의에 찬 눈길을 받을 것이고,
이후에도 심술궂은 미소로
내 거짓에 재치가 있네 없네
거만 떨며 품평하진 않으리라
가슴 깊이 확신하는바.

30
하지만 악마의 서고에서
떨어져 나온 너희,
유행하는 시인 나부랭이의 괴로움인
너희, 톨스토이의 놀라운 붓으로
혹은 바라틴스키의 펜으로
기민하게 장식된
너희 호화스러운 앨범들이여,
하늘의 벼락이나 맞아 타 버려라!
휘황찬란한 부인이

in-quarto (4절 판지)를 내밀 때면,
소름과 악의가 솟아올라
내 가슴의 심연에선
에피그램이 움트는데,
그래도 마드리갈을 쓰고 있는 꼴이라니!

31
젊은 올가의 앨범에
렌스키가 써 넣는 건 마드리갈이 아니다.
사랑으로 숨 쉬는 그의 펜은
차가운 재치로 반짝이지 않는다.
올가에 대해 보고 듣는 그대로
써 내려갈 뿐,
그래서 생생한 진실로 넘치는
엘레지의 강물을 흐르게 할 뿐.
영감에 가득 찬 야지코프, 그대도 그처럼
가슴이 터져 오르는 순간
남모르는 누군가를 노래하지 않는가.
그 노래는 엘레지의 소중한 선집 되어
언젠가 지나간 그대 운명의 이야기를
눈앞에 펼쳐 보여 주리니.

32

하지만 쉿! 들리는가? 준엄한 비평가는
엘레지의 누추한 화관일랑
벗어던지라 하네.
우리의 시인 나부랭이 동지들에게 이렇듯
외치면서. "눈물방울 흘려 대며
똑같은 말 주절대며
'지나간 일, 흘러간 일' 슬퍼하는 일이라면
이제는 그만, 다른 것을 노래하시게!"
— 지당한 얘기, 그다음엔 덧붙여
나팔과 가면과 단검을 가리키며
사상의 생명 잃은 밑천을
도처에서 살려 내라 명하시겠지.
안 그런가, 친구? — "결코, 천만의 말씀!
송시를 쓰시게나, 여러분,

33

늠름한 시대에 썼던 송시를,
왕년에는 다들 썼던……"
— 장엄 송시만 쓰다니!
그만 하게, 친구. 뭐가 다른가?
풍자가가 한 말을 기억하겠지!
「타인의 견해」에 나오는 교활한 시인이

우리네 음울한 시인 동지들보다
과연 더 낫단 말인가? ―
"하지만 엘레지의 모든 건 졸렬하네.
공허한 목표도 애처롭기만 하지.
그러나 송시의 목표는 드높고
고결하여⋯⋯." 이 부분은 논쟁의 여지가
있겠으나, 침묵하련다.
세기 간의 싸움은 원치 않기에.

34
명예와 자유의 숭배자인
블라디미르도 폭풍 같은 상념의 요동 속에
송시쯤은 쓸 수 있었으련만,
올가는 송시를 읽지 않았다.
과연 눈물 젖은 시인들은
사랑하는 사람의 면전에서 자작시를
읽어 본 적 있는가? 이 세상에 더한
보상은 없다고들 하던데.
자신이 노래하고 사랑하는 대상,
달콤한 우수의 미인에게
자신의 몽상을 읽어 주는
겸허한 시인은 정녕 복되도다!
복되도다⋯⋯ 비록 그녀의 관심이

딴 곳을 헤매고 있을지언정.

35

하지만 내가 내 꿈과
조화로운 기교의 열매들을
읽어 주는 건 오직
젊은 날의 친구인 늙은 유모뿐.
그리고 지루한 식사 후
내게 찾아든 이웃의 옷깃을
불시에 움켜잡고 구석으로 끌고 가
비극 시로 질식시킨다거나,
(그리고 이건 농담이 아닌데)
애수와 각운에 시달리며
나의 호숫가를 맴돌다가
야생 오리 떼나 놀래킬 때뿐.
그러면 달콤한 시의 노랫소리에
새들은 호숫가를 떠나곤 하지.

36·37

그러면 오네긴은? 그런데 형제 여러분!
조금만 참으시게.
그 친구의 일상을
시시콜콜 그려 볼 테니.

오네긴은 은자처럼 살고 있었다.
여름이면 7시 전에 일어나,
가벼운 차림으로
산 아래 강가에 가
귈나르의 노래꾼 흉내 내며
헬레스폰투스 강을 헤엄쳐 건넌 다음,
그다음엔 시시한 잡지 뒤적이며
커피 한잔 마시고,
그다음엔 차려입고……
……………………………………*

38* 39
산책, 독서, 깊디깊은 잠,
숲 그늘, 졸졸대는 시냇물,
때론 검은 눈 흰 피부 아가씨의
젊고 싱싱한 키스,
말 잘 듣는 준마,
꽤나 신경 쓴 식사,
옅은 와인 한 병,
고독, 고요.
이것이 오네긴의 신성한 삶이었고,
그 삶으로 그는 점차
빠져들었다. 무사태평 안일 속에

아름다운 여름날이 어찌 지나가는지,
도시도, 친구들도,
장난스러운 유희의 지겨움도 모두 잊은 채.

40
하지만 북방의 여름은
남쪽 지방 겨울의 캐리커처라 할까,
오자마자 가 버리니, 인정하기 싫어도
할 수 없는 일.
어느새 하늘은 가을 냄새 풍기고,
어느새 햇살은 줄어들어
날은 짧아지고,
숲의 신비스러운 그늘은
슬프게 웅성대며 맨몸을 드러내고,
벌판에 안개는 낮게 깔리고,
기러기 떼 울어 대며
남쪽으로 날아가고. 꽤나 지루한
계절이 다가왔으니,
마당엔 성큼 11월이다.

41
새벽은 차가운 안개 속에 눈을 뜨고
밭에서는 일 소리가 사라졌다.

굶주린 늑대는 암컷과 함께

길가를 기웃기웃.

달리던 말이 냄새 맡고

힝힝대자 — 조심스러운 길손은

전력 다해 산 쪽으로 질주한다.

목동은 새벽에

외양간의 소들을 내몰지 않고

한낮에도 뿔피리로

모으지 않는다.

오두막의 처녀는 노래하며

실을 잣고, 겨울밤의 동무인

땔감이 그 앞에서 소리 내며 타오른다.

42

그리고 곧 서리가 얼면

들판은 온통 은빛……

('서리'가 나왔으니 각운으로 '장미'를

기다릴 터, 자, 빨리 가지소!)*

얼음 덮인 강물은

최신 유행 마루보다도 더 반질반질.

신난 소년들은 스케이트로

소리 나게 얼음을 가른다.*

육중한 거위는

헤엄이나 쳐 볼까

얼음 위로 살며시 빨간 발을 내딛다가

미끄러져 꽈당. 즐거운

첫눈은 반짝반짝 흩날리다

별이 되어 강가에 내려앉는다.

43

그런 계절 벽촌에선 무엇을 해야 하나?

걸어 본다? 온통 헐벗은

그 무렵의 시골 풍경

보기에도 지겨운걸.

혹한의 초원을 말 타고 달려 본다?

무뎌진 말발굽 편자가

믿지 못할 얼음판에 들러붙어

언제라도 낙마하기 십상인걸.

적막한 집 안에 들어앉아

책이나 읽어 볼까. 자 여기 프라트, 여기 W. Scott (월터 스콧).

싫다고? ─ 그렇다면 지출이나 따져 보고,

성내고 노래하고, 그렇게 하다 보면 긴 밤도

어찌어찌 지나가고, 내일도 지나가고,

그렇게 겨울도 흘러가겠지.

44

오네긴은 차일드 해럴드 모습 그대로
사색적인 게으름에 빠져들었다.
아침에 눈뜨면 얼음 넣은 욕조에 몸 담그고,
그다음엔 하루 종일 집에서
홀로 계산에 몰두하며
뭉툭한 당구채 들고
당구알 두 개 놓인 당구대에
아침부터 매달린다.
시골의 저녁이 찾아들면
당구대와 당구채는 잊고,
벽난로 앞에 차려진 식탁에서
예브게니는 기다린다. 마침내 렌스키의
회색 말 삼륜 마차 당도하니,
자, 어서 식탁으로!

45

뵈브 클리쿼 혹은 모에의
축복받은 샴페인이
찬 서리 낀 병째로
시인의 식탁 위에 즉각 올라온다.
히포크레네 샘물처럼 반짝이는 술.*
(온갖 것의 비유가 될 수 있는)

거품의 유희에
매혹되어 마지막
푼돈까지 쏟아 붓던
나 아닌가. 벗들이여, 기억하나?
그 마법의 액체가
탄생시킨 바보짓도 적지 않다.
농담과 시와 논쟁과
달콤한 꿈은 또 얼마나 많았는지!

46

그러나 요란한 거품은
내 위장에 반란을 일으켰던바,
지금은 이성적인 '보르도'를
선호하게 되었지.
'아이'는 더 이상 힘에 벅차다.
샴페인 '아이'로 말하자면
화려하고, 가볍고, 신선하고, 공허하고,
변덕스러운 연인을 닮은지라……
하지만 너 '보르도'는 친구와 같아
슬플 때나 아플 때나,
언제 어디서나 동료로서
우리에게 봉사하며
조용한 여가도 함께 나누지.

우리의 친구인 '보르도' 만세!

47

불은 꺼졌다. 황금빛 숯덩이가
재로 살짝 덮여 가고,
보일 듯 말 듯 연기 오르는
벽난로엔 아직도
온기가 남아 있다. 담뱃대 연기는
굴뚝을 향하고, 투명한 술잔은
여전히 식탁 위에 놓여 있다.
저녁 어둠이 깔리고……
(왠지
'늑대와 개 사이'라
일컫는 황혼 무렵에
친구와 나누는 술 한잔과
헛소리가 나는 좋더라.)
친구들의 대화가 시작된다.

48

"그래, 이웃들은 안녕한가? 타티아나는?
자네의 귀여운 올가는?"
— 반 잔만 더 따라 줘……
그만, 됐네…… 식구 모두

편안하지. 안부를 전하더군.
아, 그런데 말야, 올가의 어깨가
얼마나 예뻐졌는지, 그 가슴하며!
그 마음하며! ……언제
둘이 함께 가 보자고. 고마워들 할 걸세.
그런데 이 친구야, 말이 되나.
단 두 번 얼굴 삐죽 내밀고는
코빼기도 안 보이니.
그래서…… 아 참, 깜빡했네!
다음 주에 자네를 초대하던데.

49

"나를?" — 그래, 타티아나 명명일이
토요일이야. 올가와 어머니가
초대하라 했는데, 가지 않을
이유가 없잖은가. —
"하지만 어중이떠중이
떼거리로 모일 텐데……."
— 아니야, 절대로!
누가 있겠나? 자기 식구뿐.
가세, 제발 부탁이야!
어쩔 텐가? — "좋아." — 좋았어! —
그러면서

이웃 처녀에게 축배 들어
잔 비운 그는, 또다시
올가 타령. 사랑이란 다 그런 것이다!

50
그는 즐거웠다. 2주 후면
드디어 행복한 그날.
첫날밤의 신비와
달콤한 사랑의 화관이
그의 환희를 기다리고 있었다.
히메나이우스의 부산함, 슬픔,
어김없이 이어질 권태에 대해서는
꿈도 꾸지 않았다.
히메나이우스의 천적인 우리에게
가정의 삶이란 하나같이
라퐁텐*풍 소설의
지겨운 장면뿐이건만……
내 가엾은 렌스키, 그의 가슴은
그런 삶을 위해 태어난 것이었다.

51
그는 사랑받고 있었다…… 최소한
그렇게 생각했고, 행복했다.

잠자리에 몸 눕힌 취객처럼,
혹은 더 부드럽게 표현해
봄꽃에 달라붙은 나비처럼,
차가운 이성을 잠재운 채
열정의 안락에 잠이 든 자여,
자신의 믿음에 충실한 자여, 그대는 복되도다.
하나 가여워라, 모든 걸 미리 아는 까닭에
언제나 명료한 정신으로
모든 행동, 모든 말을
자기 혼자 번역하며 증오하고,
가슴은 경험으로 싸늘해져
공상에도 빠질 수 없는 그대여!

제5장
〔명명일〕

무서운 이 꿈들은 알지도 말지어다
그대, 오 나의 스베틀라나!
—주콥스키

1

그해 가을은
길었고,
자연은 겨울을 오래오래 기다렸다.
첫눈이 내린 건
1월 들어 셋째 날 밤. 아침 일찍 일어난
타티아나가 창밖을 보니
밤새 하얗게 변한 정원,
화단, 지붕, 울타리,
유리창 위로 살짝 내려앉은 서리꽃,
나무들은 겨울 은빛 옷 입고,
뜰 안의 까치들은 명랑하고,
산은 반짝이는 겨울 양탄자로
보드랍게 휘감기고,

사방이 온통 희게 빛난다.

2

겨울이다! ……농부가 의기양양

짐 썰매로 길을 내면,

그의 말은 눈 냄새 맡아 가며

어찌어찌 잔걸음질.

수북한 눈 도랑 내어 가며

과감하게 질주하는 포장마차.

털옷 위에 붉은 혁대 두른

마부석의 마부.

말 흉내 내어 가며

강아지 태운 손 썰매

끌고 달리는 꼬마 농노.

어느새 얼어붙은 두 손이

아파 와도 개구쟁이는 즐겁기만 하여라.

엄마는 창가에서 무서운 표정을 짓고 있건만……

3

그러나 이런 유의 정경 따위

당신에겐 별 흥미가 없으리라.

모두 다 저급한 자연으로,

우아한 건 별로 없지.

영감의 신이 내린 열기 속에
유려한 문체로 한가로운 겨울 삶의
온갖 음영과 첫눈을 그려 낸 시인도 있기는 하다.*
열렬한 시로써
은밀한 썰매 타기를 묘사한
그 시인이 당신 맘에 들리란 건 확신하는바.
하지만 난 당분간
그 인간은 물론이고 자네,
핀란드 처녀를 노래한 자네와도*
경쟁할 의사가 없다.

4

타티아나(자신도 모르게 왠지
러시아의 영혼을 지닌)는
차갑게 아름다운
러시아의 겨울을 사랑했다.
춥디추운 날 햇살 받아 빛나는 성에와,
썰매와, 저무는 석양 노을에
분홍으로 빛나는 눈과,
주현절(主顯節) 즈음의 저녁 구름을.
집안의 오랜 관습대로
그 시기의 저녁때면
하녀들이 모두 모여

주인아씨 점을 치며
해마다 장교 신랑의 등장과
출병을 예언해 주곤 했다.

5
오래된 민간 전설,
꿈, 카드 점,
달의 예언 등을
타티아나는 믿었다.
징조들에 대해서도 민감했다.
모든 사물이 그녀에겐
뭔가를 은밀히 알려 주었고,
가슴은 예감으로 조여들었다.
벽난로에 올라앉은 새침한 고양이가
그르렁대며 앞발에 얼굴을 문지르면
손님이 온다는
분명한 신호. 왼쪽 편 하늘 위로
두 뿔 달린 초승달이
불현듯 보이는 날엔

6
그녀는 창백해져 몸을 떨었다.
검은 하늘 위로

별똥별이
휙 날아 부서질 때면
그 별이 떨어지기 전까지
가슴속 염원을 비느라
타냐는 허둥지둥.
어디서건
검은 수도사와 마주치거나
들판에서 튀어나온 재빠른 토끼가
앞길을 가로지르는 날엔
혼비백산,
슬픈 예감에 사로잡혀
미리부터 불행을 기다리는 것이었다.

7
그러나? 공포 속에서도 그녀는
비밀스러운 마력을 발견했다.
모순적인 성향의 자연이
우리를 그렇게 창조해 놓았던 것.
크리스마스 주간이 왔으니, 즐겁고도 즐거워라!
눈앞에 인생의 먼 길이
환하고 무한하게 펼쳐져 있는,
무엇 하나 아까울 것 전혀 없는
들뜬 청춘이 점을 친다.

무엇 하나 돌이킬 길 없이 흘려보낸,
무덤 앞에 다가선
노년이 안경 너머로 점을 친다.
그러나 모두 매한가지. 희망은
어린애의 옹알이로 그들을 속이기 마련이니.

8
타티아나는 호기심 가득한 시선으로
가라앉은 촛농을 바라보는데,
그 기묘한 형태가
기묘한 뭔가를 말해 주는 듯.
물 가득 찬 접시에서
반지를 차례차례 건져 낸다.
그녀의 반지가 딸려 나온
옛날 옛적 노래는
"그곳의 남자들은 모두 부자네,
삽으로 은을 긁어모으네.
이 노래의 임자는 부와
명예가 있네!" 하지만 노래의
구슬픈 가락은 상실을 예언하니,
처녀들 마음엔 '고양이' 노래가 더 좋아라.*

9

밤은 차디차고, 하늘은 맑디맑고,
별들의 아름다운 합창은
고요하고 평화롭게 흐르고……
타티아나는 어깨를 드러낸 채
넓은 뜰로 나가
거울에 달을 비춰 보지만,
어두운 거울 안엔
슬픈 달만 홀로 떨고 있을 뿐……
가만…… 눈 밟는 소리…… 누군가 지나간다. 그녀는
발끝으로 달려가,
피리 선율보다 더 부드러운
목소리로 묻는다.
'성함이 어떻게 되세요?'* 그녀를 쳐다보고
대답하는 그의 이름은 ─ 아가폰.

10

그날 밤 영혼을 불러내고자,
유모가 일러 준 대로
목욕탕에 두 사람분 상차림을
몰래 준비시켜 둔 타티아나.
그러나 갑자기 무서워졌다……
나 역시 ─ 스베틀라나 생각이 나

무서워졌다* — 하는 수 없지……
우리 둘 다 이 방법은 포기하련다.
타티아나는 비단 허리띠
풀고, 옷 벗은 후 침대에
누웠다. 사랑의 신이 그녀 위를 맴돌고,
새털 베개 밑에는
거울이 놓여 있다.
사방이 고요하다. 타티아나는 잠들었다.

11
타티아나의 꿈은 기이하다.
꿈속에서 그녀는
슬픈 어스름에 휩싸여
눈 덮인 초원을 걸어가는데,
앞에 쌓인 눈 더미들 사이로
겨울의 사슬을 풀어 헤친
검은 잿빛 급류가 윙윙 소리 내며
끓어올라 물결을 일으킨다.
얼음으로 고정된 막대기 두 개가
흔들흔들 급류 위에 걸쳐져 있으니,
그것은 죽음의 다리.
윙윙대는 소용돌이 앞에서
어쩔 줄 몰라

그녀는 멈춰 섰다.

12

원통한 이별을 두고 하듯,

타티아나는 물결을 두고 한탄한다.

건너편에서 손 내밀어 줄 사람은

보이지 않는다.

그런데 갑자기 눈 더미가 움직인다.

대체 누가 그 밑에서 나타난 건가?

털이 곤두선 거대한 곰이었다.

타티아나는 비명을 지르는데, 곰은 으르렁대며

날카로운 발톱 달린 앞발을

내민다. 그녀는 이를 악물고

떨리는 손을 곰에게 의지한 채

조심조심

물을 건넌다.

이제 걷기 시작하는데 ― 아니? 곰이 쫓아오지 않는가!

13

그녀는 뒤돌아볼 엄두도 못 내고

급한 발걸음을 재촉한다.

하지만 털북숭이 추종자에게서

벗어날 길은 없다.

끔찍한 곰이 신음 소리를 내며 몰아닥친다.
앞에는 숲. 침울한 모습으로
부동자세를 취한 소나무들.
온통 눈덩이에 덮여 축 늘어진
가지들. 헐벗은 사시나무,
자작나무, 보리수들 꼭대기 틈새로
비치는 한밤의 광휘.
길은 보이지 않고, 수풀과 낭떠러지 모두
눈보라에 휩싸여
눈 속 깊이 가라앉았다.

14

숲에 들어서는 타티아나. 그녀 뒤를 쫓는 곰.
무릎까지 푹푹 빠지는 눈.
긴 나뭇가지가 돌연 목을
낚아채고, 귀에 걸린
금귀고리를 잡아챈다.
귀여운 발을 감싼 젖은 장화가
보드라운 눈에 푹 빠져 벗겨진다.
손수건을 떨어뜨리나
집을 수가 없다. 무섭기만 하고,
뒤에서 곰 소리가 들려오니,
떨리는 손으로

치맛자락 쳐들기도 부끄럽다.

그녀는 뛰고, 곰은 계속 뒤를 쫓고,

이제는 더 이상 뛸 힘도 없다.

15

그녀가 눈 속에 쓰러진다. 곰이 덥석

그녀를 들어 안고 간다.

그녀는 감각을 잃은 듯 몸을 맡긴 채

움직이지도, 숨을 내쉬지도 않고,

곰이 그녀를 안고 숲길을 달린다.

나무들 사이로 초라한 오두막 한 채 불쑥 나타난다.

사방이 적막강산. 오두막은 온통

고적한 눈에 파묻혔고

작은 창만 환히 빛나는데,

안에서는 고함치며 시끄럽다.

곰이 말한다. "여기 내 대부가 사시는데,

잠시 몸이나 녹이시지!"

그러고는 현관으로 곧장 돌진해

그녀를 문턱에 내려놓는다.

16

타티아나가 정신 차려 둘러보니

곰은 오간 데 없고 자신만 현관에 있는데,

성대한 장례식이라도 벌어지는 듯
문 너머로 고함 소리, 술잔 소리 들려온다.
어리둥절하여
살며시 틈새로 안을 들여다보는 순간,
눈에 들어온 것은? ……식탁에
둘러앉은 괴물들 아닌가.
뿔 난 개 얼굴도 있고,
수탉 얼굴도 있고,
여기는 염소수염 난 마귀할멈,
저기는 거만하게 뻐기는 해골,
또 저기 꼬리 달린 난쟁이, 또 여기
반은 학이고 반은 고양이인 괴물.

17
그보다 더 무섭고 괴기스러운 것도 있다.
거미 등에 올라탄 새우,
거위 목 위에서
빨간 모자 쓰고 회전하는 해골,
삐걱대는 날개 돌리며
앉은뱅이 춤을 추는 풍차.
짖는 소리, 웃음소리, 노래, 휘파람, 손뼉 소리,
사람들 웅얼 소리, 말발굽 타각 소리!*
그런데 그런 무리 가운데서 타티아나가

평소 사랑하며 두려워했던
이 소설의 주인공을 발견했을 때,
그 마음이 어땠겠는가!
오네긴은 식탁에 앉아
문 쪽을 훔쳐보는 중이었다.

18

그가 손짓하면 ― 모두들 이리저리 움직이고,
그가 마시면 ― 모두들 마셔 대며 소리치고,
그가 웃으면 ― 모두들 따라 웃고,
눈썹을 찌푸리면 ― 모두들 조용해진다.
그가 대장임은 확실한 사실.
어느새 무서움을 잊은 타냐,
이제는 호기심이 발동해
문을 살짝 열어 보았다……
그런데 갑자기 바람이 들이닥쳐
등잔불을 꺼뜨리자
모여 있던 악한들은 당황하고,
오네긴은 두 눈을 번득이며
식탁에서 요란스레 일어선다.
모두들 일어선다. 오네긴이 문가로 다가온다.

19

타티아나는 두려워서 허둥지둥

도망가려 애쓰지만

도망갈 수가 없다. 마구

몸부림치며 소리 지르고 싶은데

그렇게 되지를 않는다. 예브게니가 문을 밀어젖히자

지옥의 유령들 눈에 들어오는

타티아나. 요란한 웃음소리

거칠게 터지면서 저마다 눈으로,

말발굽으로, 구부러진 주둥이로,

털북숭이 꼬리로, 송곳니로,

수염으로, 피투성이 혀로,

뿔과 손가락뼈로,

하나같이 그녀를 가리키며

외쳐 댄다. 내 거다! 내 거다!

20

"내 것이다!" — 예브게니가 무섭게 한마디 하자

도당은 순식간에 사라졌다.

얼어붙은 어둠 속에

젊은 처녀와 그만 단둘이 남게 되었다.

오네긴이 타티아나를

구석으로 조용히 끌고 가*

흔들흔들한 벤치 위에 눕힌 후
그녀의 어깨 위로
고개를 숙이는데, 순간 갑자기 올가와
렌스키가 차례로 들어온다. 불빛이 비추자
오네긴은 손을 휘젓고는
두 눈을 거칠게 움직이며
불청객을 나무란다.
타티아나는 죽은 듯 누워 있다.

21

점점 격앙되는 말다툼. 갑자기 예브게니가
긴 칼을 집어 드는가 싶더니, 순간
렌스키가 쓰러진다. 어둠이 무섭게
짙어지고, 끔찍한 비명 소리
울려 퍼지고…… 오두막이 흔들린다……
그리고 타냐는 공포 속에 잠을 깼다……
눈떠 보니 방 안은 이미 환하고,
서리 낀 유리창 위로
진홍색 새벽노을이 장난을 치고 있다.
문이 열리고, 북방의 오로라보다 더
발그스레하고 제비보다 더 가벼운
올가가 그녀에게 날아 들어와 하는 말 ―
"자, 말해 봐,

꿈속에서 누굴 본 거지?"

22

그러나 동생은 안중에 없는 타티아나,
침대에 누운 채 책을 펴 들고
한 장 한 장 넘길 뿐
아무 말도 하지 않는다.
그 책으로 말하자면
시인의 달콤한 상상도,
지혜로운 진리도, 묘사도 하나 없건만,
베르길리우스, 라신,
스콧, 바이런, 세네카, 그 누구보다,
심지어 여성 잡지보다
더 독자를 사로잡았으니,
벗들이여, 바로 바빌론 현자들의 태두이자
점술가요 해몽가인
마르틴 자데크의 책이었다.*

23

심오한 그 작품은
떠돌이 장사꾼이 어느 날
외딴 이곳에 가져왔던 것으로,
그는 결국 타티아나에게

3루블 반을 받고
『말비나』 낱권과 함께 책을 넘기는 대신
그녀가 갖고 있던 통속 우화 선집과
문법책과 『페트리아다』 두 권과
마르몽텔 선집의 제3권까지
덤으로 집어 가 버렸다.
그날 이후 마르틴 자데크는
타냐의 애독서가 되어……
온갖 슬픔 가운데 기쁨을 선사하며
잠자는 그녀의 필수품이 되었던 것.

24
꿈이 그녀를 괴롭힌다.
어찌 이해해야 할지 모르는
악몽의 의미를
타티아나는 알고만 싶어,
간략한 목차에서
알파벳 순서대로 단어들을
찾아본다. 고슴도치, 곰, 눈보라, 다리,
마귀할멈, 소나무 숲, 어둠, 전나무, 폭풍,
기타 등등. 그녀의 의문은
마르틴 자데크도 풀지 못하나,
불길한 그 꿈은 그녀에게

슬픈 사건들을 예고해 준다.
이후로도 며칠간을
그녀는 그 꿈으로 괴로워했다.

25
그러나 새벽의 발그레한 손이*
아침의 골짜기에서
태양과 함께 불러낸 것은
즐거운 명명일의 하루였다.
아침부터 라린가(家)는 손님으로
북적북적. 이웃마다
온 가족이 다 함께 각종
마차 타고, 썰매 타고 당도한다.
현관은 붐벼서 시끌벅적,
거실에선 새 얼굴들 인사하고,
발바리 멍멍대고, 처녀들 입 맞추고,
떠들고, 깔깔대고, 문지방은 북새통,
손님들 절하고, 부딪치고,
유모들 소리치고, 아이들 울어 대고.

26
비만증 부인을 대동한
뚱뚱보 푸스탸코프.

가난한 농노들을 소유한

뛰어난 주인 그보즈딘.

두 살에서 서른까지

온갖 연령층의 아이들을 달고 온

은발의 스코티닌 부부.

시골 멋쟁이 페투슈코프.

챙 달린 모자 쓴 나의 사촌

(여러분도 물론 잘 아시는)

털투성이 부야노프.*

그리고 못 말리는 수다꾼에 늙은 사기꾼,

게다가 대식가에 탐관오리에 광대인

퇴직 관리 플랴노프.

27

판필 하를리코프 가족과

함께 온 므슈 트리케.

탐보프에서 갓 옮겨 온 풍자가로,

안경 끼고 붉은 머리 가발 쓴 그는

진정한 프랑스인답게 호주머니 안에다

아이들이 잘 아는 선율

Réveillez-vous, belle endormie(잠자는 미녀여, 깨어나라)에 붙인

시 구절을 타티아나를 위해 넣어 왔다.

그 구절은 케케묵은 노래집에

실려 있던 것인데,

통찰력의 시인 트리케가

먼지 더미에서 세상 밖으로 건져 낸 후

belle Nina (아름다운 니나)를 과감히

belle Tatiana (아름다운 타티아나)로 대체해 버렸다.

28

그리고 근처 마을에서 온,

나이 든 처녀들의 우상이자

시골 모친들의 기쁨인

중대장.

그가 들어오며…… 아니, 이런 소식을!

군악대라니!

연대장이 보냈단다.

오, 이 기쁨, 무도회다!

어린 처녀들은 미리부터 깡충대는데,*

우선은 식사할 차례. 쌍쌍이

팔을 끼고 식탁에 간다.

아가씨들은 타티아나 옆으로 바싹,

남자들은 맞은편, 모두들 성호 긋고,

웅성대며 자리에 앉는다.

29

한순간 대화는 잠잠.
우물우물 씹는 입들. 사방에서
접시와 식기들 부딪치고
잔들 부딪친다.
하지만 이내 조금씩
모두들 시끄러워지더니만
남의 말은 듣지 않고 소리치며,
웃고, 논쟁하고, 마구들 떠드는데,
순간 문 활짝 열리며 렌스키
그리고 오네긴이 들어오니, "하느님 맙소사! —
안주인이 소리친다 — 마침내!"
손님들은 바싹 좁혀 앉고, 서둘러
각자의 식기와 의자를 옮기더니
두 친구를 불러 자리에 앉힌다.

30

바로 타티아나 맞은편에 말이다.
새벽달보다 더 창백하고
내몰린 사슴보다 더 떨고 있는
그녀, 흐려지는 두 눈을
들지도 못한다. 열정의 불길이
폭풍처럼 타올라 숨 막히고 어지러울 뿐.

두 친구의 인사도
들리지 않고, 눈에 고인 눈물은
당장이라도 흘러내릴 것만 같다. 가엾은
그녀는 실신할 지경이었으나
이성과 의지의 힘으로
겨우 이겨 낸 후, 우물우물
나지막이 두어 마디 건네고는
식탁 앞에 잠자코 앉아 있었다.

31
비극적인 신경과민 증세와
처녀들의 실신, 눈물 따위에
예브게니는 참을 수 없어진 지 이미 오래.
일찌감치 참을 만큼 참았었다.
성대한 축연에 발을 디딘 이 괴짜는
벌써부터 화가 나 있는 데다, 고통에 찬 처녀가
발작처럼 부들부들 떠는 것에
짜증이 나 시선을 내리깐 채
분통을 터뜨렸고, 혼자서 씩씩대며
렌스키의 화를 돋우어
응분의 복수를 해 주리라 맹세했다.
그러고는 미리부터 승리를 자축하며
맘속으로 하객들 모두의

풍자화를 그리기 시작했다.

32

물론 예브게니 혼자만
타냐의 당황을 눈치 챈 건 아니었다.
하지만 그 순간 모두의 시선과 생각은
(아쉽게도 너무 짜게 요리된)
기름진 만두에 모였고,
또 주요리와 블랑망제 사이에 나오는
돈 지방 포도주도 송진으로 봉한 채
식탁에 막 올라오던 참이었다.
이어서 내 영혼의 결정체,
내 순결한 시의 주인공,
날 취하게 하던
유혹적인 사랑의 술잔인
지지, 바로 당신의 허리를 꼭 닮은
가늘고 긴 술잔들의 행렬도!

33

축축한 코르크 마개
펑 하고 터지는 소리, 포도주
거품 소리. 이윽고 준비해 온 시구 들고
오랫동안 안달하던 트리케가

위엄 어린 태도로 일어선다.
그 앞에 모인 이들 모두 숨죽이고,
타티아나는 제정신이 아니다.
손에 종이 들고 그녀를 향해
음도 맞지 않게 노래하는 트리케.
이어지는 박수갈채, 환호성.
그녀가 시인에게 무릎 굽혀 절하고,
위대하지만 겸손한 그 시인은
그녀의 건강에 건배한 후
시구 적힌 종이를 바친다.

34
인사하고 축하하는 하객들 모두에게
타티아나는 일일이 감사한다.
마침내 예브게니 차례에
이르렀을 때, 처녀의 괴로운 표정과
그녀의 곤혹과 피로감은
그의 마음에 연민을 불러왔다.
그는 말없이 고개를 숙였으나,
그의 눈길만은 왠지
놀랍도록 다정했다. 진정으로
마음이 움직인 때문인지,
아니면 장난스러운 교태,

혹은 본능, 혹은 선의 때문인지,
그 눈길은 다정했고,
그래서 타냐의 가슴을 되살렸다.

35
요란스레 걸상 밀어젖히고
손님들은 거실로 몰려간다.
반짝이는 벌집에서 밭을 향해
날아가는 요란스러운 벌 떼처럼.
만찬의 포만감으로 옆 사람 얼굴에다
콧김 불어 대는 이웃,
벽난로 앞에 자리 잡은 부인들,
구석에서 소곤대는 처녀들.
초록색 탁자들이 펼쳐지며,
지난날의 보스턴과 옹브르,
아직까지 유행하는 휘스트,
하나같이 걸신들린 권태의 아이들인
천편일률의 게임들이
도전적인 노름꾼들 불러 모은다.

36
휘스트의 주인공들 어느새
여덟 판을 돌면서 여덟 번

자리를 바꿔 앉으니,
차가 나오는 시간. 시간을
점심, 차, 저녁으로 따지는 게
나는 좋다. 시골에서 시간을
알기란 식은 죽 먹기.
위장이 곧 정확한 시계 아니던가.
괄호 안에 한마디 첨언하자면,
나 역시 3천 년의 우상인
저 신격 호메로스만큼이나
작품에서 허구한 날
연회며, 갖가지 음식이며,
코르크 마개 타령이로다!

37* 38* 39
하여튼 차가 나온다. 처녀들이 예의 차려
찻잔에 손을 대려는 순간,
갑자기 긴 홀의 문밖에서
바순과 플루트 울려 퍼지자,
음악의 우렛소리 반기면서
럼주 든 찻잔일랑 내려놓고
올가에게 다가가는
인근 마을 제일의 미남 페투슈코프.
타티아나는 렌스키가,

노처녀 하를리코바는
탐보프에서 온 나의 시인이,
푸스탸코바는 부야노프가 낚아채고
모두들 홀 안으로 몰려가니,
바야흐로 찬란한 무도회다.

40
소설의 앞 장에서
(제1장을 보시라)
난 알바니 식으로
페테르부르그의 무도회를 묘사하려던 중,
공허한 공상에 이끌려
내가 알던 여인들의 작은 발을
회상하고 말았었다.
오, 너희들 작은 발의 흔적 따라
방황하는 일은 이제 그만!
청춘의 배신감은 뒤로한 채
이제 좀 현명해질 때가 왔다.
내 할 일과 문체에나 신경 쓰며
5장에서만큼은
여담을 없애리라.

41

단조롭고 격렬하게,
젊은 날의 회오리바람처럼
소란스러운 왈츠가 회오리치며
한 쌍 한 쌍이 스쳐 간다.
복수의 순간이 다가오자
오네긴은 속으로 미소 지으며
올가에게 다가간다. 함께 전속력으로
손님들 주위를 빙글빙글 돈 다음
그녀를 의자 위에 앉혀 놓고
이 이야기 저 이야기,
그렇게 2분이나 지났을까,
또다시 그녀와 왈츠.
모두들 경악하고, 렌스키는
자신의 눈을 믿을 수 없다.

42

마주르카가 울려 퍼진다. 과거에
마주르카 굉음이 울리면
거대한 홀이 온통 진동하고
쪽마루는 구두 뒤축 아래에서 갈라지고
창틀은 전율하며 흔들렸건만,
이제는 그렇지 않다. 숙녀처럼, 우리들도

왁스 칠한 바닥 위를 미끄러져 나갈 뿐.

하지만 시골 마을은

마주르카 본연의 매력을

여전히 지키고 있다.

가벼운 도약과 구두 뒤축, 콧수염,

모든 게 다 그대로니, 우리의 폭군이자

최신 러시아의 고질병인

사악한 유행도 그것을 바꾸지는 못했던 것.

43* 44

성미 급한 내 형제 부야노프가

우리의 주인공 앞에

타티아나와 올가를 인도하니, 오네긴은

재빨리 올가를 선택하여

춤을 추는데, 태연스레 미끄러지며

고개 숙여 그녀에게 다정히

뻔한 마드리갈 따위나 속삭이고

잡은 손을 한 번 더 꼭 쥐는 식. ─ 그러자

도취된 그녀의 얼굴이

한층 더 붉게 타오른다. 그 모든 걸 보며

분노로 제정신이 아니게 된 나의 렌스키.

질투의 울분 속에

시인은 마주르카가 끝나기만 기다렸다,

그녀에게 코티용을 신청한다.

45

그런데 안 된단다. 안 되다니? 대체 왜?
그렇다, 이미 오네긴과
약속했단다. 오 맙소사, 이럴 수가!
이 무슨 말이던가? 그녀가……
그럴 수가? 머리에 피도 안 마른
요부, 바람둥이 어린애라니!
어느새 계교를 알고,
어느새 배반을 익히다니!
충격을 이기지 못한 렌스키,
여자의 희롱을 저주하며
박차고 나가, 말을 불러
달린다. 권총 두 자루,
총탄 두 알 ― 단지 그것뿐 ―
그거면 운명은 일거에 결정 나리라.

제6장
〔결투〕

1

블라디미르가 사라진 것을 알아챈
오네긴은 다시 권태를 느껴,
자신의 복수에 만족하면서도
올가 곁에서 생각에 빠져들었다.
그를 따라 올가도 하품하며
눈으로는 렌스키를 찾았다.
끝없는 코티용이 악몽처럼
그녀를 괴롭혔다.
춤이 끝나자 저녁 식사 시간.
침상이 펼쳐지고, 손님들의
잠자리가 현관에서 하녀 방에까지
준비된다. 모두가
곤한 잠에 빠질 시간. 나의 오네긴은

홀로 집을 향해 잠자러 간다.

2
모든 것이 잠잠해졌다. 객실에선
육중한 푸스탸코프가
자신의 육중한 부인과 코를 골고,
그보즈딘, 부야노프, 페투슈코프,
그리고 상태가 안 좋은 플랴노프는
식당 의자 위에 몸을 뉘었고,
스웨터 입고 낡은 모자 쓴
므슈 트리케는 마룻바닥에.
처녀들은 타티아나와 올가
방에서 모두들 꿈나라에 들었다.
오직 가엾은 타티아나만
달빛 비치는
창가에서 슬프게
캄캄한 들판을 바라본다.

3
그의 예기치 못한 등장과,
한순간 그 눈에 어렸던 다정함과,
올가와의 이해할 수 없는 행동은
그녀의 마음속 깊은 곳을

뒤흔들었다. 도무지 그를
이해할 수가 없다. 질투 어린
슬픔에 사로잡혀,
마치 차디찬 손으로
심장이 쥐여 짜이고 발밑의 심연은
점점 더 시커멓게 아우성치는 것만 같다……
"파멸이다. ─ 타냐는 말한다, ─
그러나 그로 인한 파멸은 달콤하다.
불평 않으리. 왜 불평한단 말인가?
그는 내게 행복을 줄 수 없는데."

4

앞으로, 앞으로, 나의 이야기여!
새로운 인물이 우릴 부른다.
렌스키의 영지인 크라스노고리에에서
5킬로쯤 떨어진 곳에,
자레츠키란 인물이 오늘날에 이르도록
철학적 황무지에 거하며 잘 살고 있는데,
그는 왕년의 난폭한 싸움꾼,
노름꾼의 우두머리,
건달패 대장, 술집의 허풍쟁이로
이제는 선량하고 소탈한
홀아비 가장에다

믿음직한 친구요 온순한 지주,
게다가 정직한 인물로 불린다.
그렇게 우리의 시대는 좋아지나니!

5

아침 떠는 세상 목소리가
그의 사악한 용기를 떠받들던 때도 있다.
그렇다, 10미터 밖에서도
권총으로 과녁을 명중시켰고,
또 언젠가 전쟁터에선
머리끝까지 술에 취해
칼미크산(産) 말에서 진창으로
용맹스레 나동그라지며
프랑스군에 고주망태 포로가 되는
(값진 인질이었다!) 공훈도 세웠었다.
현대판 레굴루스, 명예의 신 아니던가.
하기야 매일 아침 '베리'*에서
외상으로 포도주 세 병쯤 비울 수 있다면야
한 번 더 포로가 되는 것도 마다할 리 없을 터.

6

재미 삼아 조롱하며,
혹은 대놓고 혹은 은밀하게

멍청한 자 속여 먹고,

똑똑한 자 멋지게 골려 먹던 그였다.

비록 어떤 때는

그 때문에 혼도 나고

때로는 그 자신이 바보처럼

곤경에 빠지기도 했었지만.

유쾌하게 논쟁할 줄 알았고,

재치 있게 혹은 둔하게 대답할 줄 알았고,

때로는 계산하에 침묵하고,

때로는 계산하에 다툼질,

젊은 친구들 싸움 붙여

결투시키거나

7

또는 화해시켜

셋이 함께 아침 든 다음,

유쾌한 농담과 거짓말로

은근슬쩍 그들을 욕보이기도 했다.

Sed alia tempora (시대는 달라졌다)! 무모함은

(또 다른 장난질인 사랑의 꿈처럼)

싱싱한 젊음과 함께 지나가는 법.

앞서 말했듯, 나의 자레츠키는

마침내 폭풍을 피해

벚나무와 아카시아 그늘 아래 숨어든 채
진정한 현자가 되어
호라티우스처럼 배추 심고
오리와 거위 떼 치고
아이들 글이나 가르치며 살고 있었다.

8
그는 바보가 아니었고,
그의 심성을 경멸하던 내 예브게니도
그의 비판 정신과
건강한 사리 분별력만큼은 좋아했다.
그와는 기꺼이
교류하던 터, 이른 아침
그가 나타났다 해서
놀라울 건 전혀 없었다.
그는 인사를 하자마자
막 시작된 대화를 중단하며
미소 띤 얼굴로 오네긴에게
시인의 쪽지를 전했다.
오네긴은 창가로 가
말없이 읽었다.

9

세련되고 고결하고
간결한 도전장, 즉 '결투 신청서'였다.
렌스키는 정중하게, 얼음같이 명료하게
친구와의 결투를 신청하고 있었다.
오네긴은 지체 없이,
그리고 아무런 군말 없이
심부름 온 대리인에게
"언제든 좋소"라고 말했다.
자레츠키도 군말 없이 일어섰다.
집안일이 쌓여 있던 터라
오래 머무르고 싶지 않았던 그는
곧바로 떠나갔지만, 자신의 영혼과
홀로 남은 예브게니는
스스로가 영 불만이었다.

10

그야 당연한 일. 마음속 심판대에
자신을 세워 놓고 엄격하게 돌아보면
그에게는 잘못이 많았다.
첫째, 엊저녁에 생각 없이
소심하고 연약한 사랑을
조롱한 것부터가 잘못이고,

둘째, 설령 시인이
멍청했다손 쳐도, 열여덟 나이라면
용서했어야 했다. 온 마음 다해
젊은이를 사랑하는 예브게니답게,
한 명의 편견 덩어리,
과격한 소년 혹은 싸움꾼이 아니라
명예와 이성의 남자 어른이
되었어야만 했다.

11
짐승처럼 털을 곤두세우는 대신
있는 그대로의 감정을 드러낼 수도 있었을 터,
젊은 가슴을 달래 주었어야만
했다. "하지만 이젠
이미 늦었다. 때는 지나갔고……
게다가 ― 그가 생각하기를 ― 이 일에
왕년의 결투꾼이 끼어들고 말았으니.
그자는 악의에 찬 말 많은 허풍쟁이라……
물론, 그의 익살스러운 수다야
경멸하면 그만이나,
바보들의 수군댐과 낄낄댐은……"
그것이 곧 여론이렷다!*
명예의 용수철, 우리의 우상!

바로 그 위에서 세상은 돌아가나니!

12

안절부절 적의로 들끓으며
시인은 집에서 답신을 기다린다.
마침내 달변가인 이웃이
기세등등 답신을 전해 오니,
이제 질투 어린 그 마음에 광명이 비추도다!
그 악동이 혹시나 꾀부리며
총부리를 외면한 채 이리저리
농담으로 얼버무리지 않을까,
내내 걱정하던 터였다.
이제 의혹은 사라졌다.
내일 동트기 전 그들은
방아 터에 갈 것이고,
상대방의 허벅지나 관자놀이를 겨냥해
방아쇠를 당길 것이다.

13

바람둥이 올가를 증오키로 작정했기에
결투 전엔 그녀를 볼 생각이 없었던
분노에 찬 렌스키는
해와 시계를 바라보다가

마침내 손을 내젓고는
그녀 집에 나타났다.
자신의 출몰로 올렌카를
놀래고 당황시킬 요량이었으나
그게 아니었다. 항상 그래 왔듯,
가엾은 시인을 맞으러
현관에서 달려 나온 올렌카는
가벼운 희망처럼
발랄하고 태평하고 명랑하고,
그랬다, 예전의 그 모습 그대로였다.

14
"어젯밤 왜 그렇게 일찍 사라지셨어요?"
올렌카의 첫 질문은 그것이었고,
모든 감정이 무뎌진
렌스키는 말없이 고개를 떨구었다.
그 맑은 시선과
그 소박한 다정함과
그 발랄한 영혼 앞에서
질투와 분노는 사라지고 말았다!……
달콤한 감동 속에 바라보며
그는 깨닫는다. 여전히 사랑받고 있음을.
어느새 후회로 가득 차

그녀에게 용서를 빌고자 하나,
떨리며, 말이 안 나온다.
그는 행복하다, 거의 말짱하다……

15* 16* 17
그리하여 사랑스러운 올가 앞에서
다시금 상념과 애수에 잠기게 된
블라디미르는 차마
어제 일은 상기시키지 못하고,
이렇게 생각한다. '그녀의 구원자가 되리라.
유혹자가 한숨과 칭송의 불길로
어린 가슴 꾀어 대고,
가증스러운 독벌레가
백합 줄기 갉아 먹어,
이틀 된 꽃송이가
피기도 전에 시드는 걸
방관하지 않으리라.'
한마디로, 벗들이여,
친구와 결투하겠다는 말이었다.

18
내 타티아나의 가슴을 태우는
상처에 대해 그가 알고 있었더라면!

내일이면 렌스키와 예브게니가

무덤을 놓고 싸우리란 걸

타티아나가 알았더라면,

알 수만 있었더라면,

아, 어쩌면 그녀의 사랑이

두 친구를 다시금 결합시켜 놓았을지 모른다!

하지만 그 열정의 비밀을 우연이라도

알게 된 사람은 아직 없었다.

오네긴은 모든 것을 함구했고

타티아나는 남몰래 괴로워했으니.

유모만은 알 수도 있었겠지만,

그녀는 영 눈치 없는 사람이었다.

19

저녁 내내 렌스키는 산만했다.

어떤 때는 말이 없고 어떤 때는 유쾌하고.

하지만 뮤즈에게 사랑받고 자라난 사람은

으레 그런 법. 눈썹을 찌푸리며

피아노 앞에 앉아

똑같은 화음만 반복해 두드리고,

그러다가 올가에게 시선을 집중한 채

혼잣말한다. "맞아, 난 행복해."

밤은 늦고, 가야 할 시간. 그의 가슴은

슬픔으로 죄어들어
젊은 처녀와 헤어지는 순간에는
터져 버릴 지경이었다.
그녀는 그의 얼굴을 들여다본다.
"무슨 일 있어요?" — 아니 별로. — 그러면서 나간다.

20
집에 돌아와 권총을
한 번 살펴보고 다시
상자에 넣은 후, 옷을 벗은 그는
촛불 아래서 실러의 책을 펼쳐 들었다.
그러나 생각은 오직 하나.
슬픈 가슴에는 잠이 안 오고,
눈앞에 형언할 길 없이 아름다운
올가의 모습만 떠오르는 것이다.
책을 덮고 펜을 잡는
블라디미르. 시는
사랑의 헛소리로 가득 차
넘쳐흐르고, 그는 그 시를
서정적 열기 속에 소리 내어 낭송한다.
술 취한 델비그가 연회에서 그러하듯.

21

우연히도 보존되어

내 손안에 들어온 그 시는 이러하다.

"어디로, 어디로 떠나갔는가,

내 황금빛 봄날이여?

무엇을 준비했는가, 다가오는 내일이여?

깊은 안개 속에 숨은 그것을

내 눈은 헛되이 찾고만 있네.

소용없는 일이어라. 옳은 건 운명의 법칙.

내가 화살에 맞아 쓰러지든,

화살이 나를 비껴가든,

둘 다 행복이어라. 잠들고 깨어 있는

시간은 예정대로 다가올지니,

고통의 날도 축복이며,

어둠의 도래도 축복이어라!

22

내일 아침도 서광이 비치고

밝은 날은 떠오르리.

그러나 난 ― 어쩜 무덤의

비밀스러운 그늘 아래 내려가리니,

그러면 젊은 시인의 기억일랑

유유한 레테 강이 삼켜 버리고,

세상은 나를 잊겠지. 하나 그대
아름다운 처녀여, 그대는
때 이른 묘석을 찾아와 눈물 흘리며
생각해 주려는가. 그는 나를 사랑했다고,
폭풍 같은 삶의 슬픈 새벽을
그는 오직 나에게만 바쳤노라고!⋯⋯
진정한 내 사랑, 사랑하는 내 임이여,
오라, 오라, 그대 짝인 나에게로!⋯⋯"

23
그렇게 '어둡게', '생기 없이' 그는 썼다.
(그걸 우리는 낭만주의라 하지.
그 안에 낭만주의는 내 눈을 씻고 봐도
없다만. 하나 이런들 어떠하고 저런들 어떠하리?)
마침내 동트기 바로 직전,
유행하는 단어인 '이상'에 이르러
렌스키는 지친 머리를 떨군 채
슬그머니 졸기 시작했다.
그런데 그가 잠의 마력에
막 빠져드는 순간, 어느새 이웃이
고요한 서재로 들어서며
소리쳐 깨우는 것이다.
"기상. 벌써 6시가 넘었네.

오네긴은 이미 우리를 기다리고 있을 걸세."

24

하지만 그건 그의 착각. 예브게니는
그 시각에 곯아떨어져 있었다.
어느덧 밤그림자도 희미해지고
저녁 별은 수탉 소리 맞이하건만,
오네긴은 깊은 잠에 빠져 있었다.
해는 벌써 하늘 높이 떠올랐고
가벼운 눈보라가
반짝반짝 휘날리는 그 시각에도
여전히 침대를 뜨지 못한 채
여전히 꿈속을 헤매는 예브게니.
마침내 눈을 떠
커튼 자락 젖히며
밖을 내다보는데 ― 그때서야 그는 깨닫는 것이다.
밖에 나갈 시간이 한참 지났다는 걸.

25

그가 서둘러 종을 흔들자
프랑스인 하인 기요가 들어와
가운과 슬리퍼를 내어 놓고
내복을 건네는데,

오네긴은 황급하게 옷 입으며
하인에게도 무기 상자 챙겨
같이 나설 채비 하라 시킨다.
경주용 썰매 대령하고,
그는 올라타 방아 터로 향한다.
쏜살같이 달려가, 하인에겐
르파주*의 숙명적인 총기 들고
따라오라 이른 뒤, 말들은
들판에 선 떡갈나무 두 그루로
쫓아 보낸다.

26
렌스키가 둑에 몸을 기댄 채
오랜 시간 초조하게 기다리는
그동안에 시골의 기계공인
자레츠키는 방앗돌을 품평했다.
사과하며 등장하는 오네긴.
"아니, 그런데 ― 자레츠키가
놀라 묻는다, ― 그쪽 입회인은?"
결투에 관한 한 정통파 원칙론자인
그는 감각적으로 형식을 사랑했으며,
사람을 쓰러뜨리는 일에서 또한
대강이 아니라

기예의 엄격한 규칙들과
전해져 내려오는 모든 전통을 고수했다.
(그 점은 칭찬해 줘 마땅하리.)

27

"내 입회인 말입니까? — 예브게니가 말했다. —
자 여기, 내 친구 Monsieur Guillot (므슈 기요).
이 사람에 대해서
반대는 없으시겠죠.
잘 알려진 사람은 아니지만,
그래도 정직한 서민이니까."
자레츠키는 입술을 깨물었다.
오네긴이 렌스키에게 묻는다.
"자, 시작할까?" — 물론, 시작하지. —
블라디미르가 말했다. 그리고 그들은
방아 터 너머로 갔다. 멀리서
우리의 자레츠키와 '정직한 서민'이
중요한 합의에 이르는 동안
두 적수는 시선을 내리깐 채 서 있었다.

28

적수라! 피를 향한 욕구로 두 친구가
등 돌린 지 얼마나 되었던가?

그들이 여가와 만찬과
생각과 일과를 정답게 공유한 지
얼마나 되었던가? 이제는 악의에 차
가문의 원수처럼,
끔찍하고 이해 못할 꿈에서처럼,
두 친구가 침묵 속에 서로의
죽음을 냉혹하게 준비하다니……
손에 피를 묻히기 전,
한바탕 웃으면 안 되는 걸까,
사이좋게 헤어지면 안 되는 걸까?……
그러나 사교계의 적의란
거짓된 수치심에 맹렬히도 겁을 먹는 법.

29
어느새 권총은 번쩍거리고,
탄약 넣는 망치 소리 울려 퍼진다.
육면체 총신 안에 탄환이 들어가고,
첫 번째 격철 튕기는 소리.
그러자 약실에서 피어나는
화약의 잿빛 연기. 단단히 틀어박힌
톱니 모양의 규석이 다시금
젖혀진다. 황당해진 기요는
근처 그루터기 뒤에 멍하니 서 있을 뿐.

두 적수는 망토를 벗어던진다.
자레츠키는 놀라운 정확도로
서른두 발짝을 잰 후
두 친구를 양쪽 끝에 세웠고,
둘은 각자의 권총을 집어 들었다.

30
"이제 서로를 향해 나오시오." 냉혈한처럼,
총은 아직 겨누지 않고, 두 적수가
확고한 발걸음으로 조용히, 정확하게
네 걸음을 내딛었다.
죽음의 네 계단을.
그리고 계속해 움직이며
예브게니 쪽에서 먼저 권총을
조용히 쳐들기 시작했다.
다섯 발짝 내딛었을 땐,
렌스키도 왼쪽 눈을 감으면서
겨냥하기 시작했다 ― 바로 그때
발사한 예브게니…… 그 시간의 종소리가
울린 것이다. 시인은
말없이 권총을 떨어뜨리며

31

가슴에 가벼이 손을 얹고
쓰러진다. 흐릿한 시선이 말해 주는 건
고통이 아니라 죽음.
태양 아래 반짝반짝 빛을 발하며
산비탈을 서서히 굴러 내리는
눈덩이와도 같다.
순간적인 소름에 사로잡혀
오네긴이 청년에게 달려가
들여다보고, 이름을 불러 보지만…… 헛되도다.
그는 이미 저세상 사람. 젊은 시인은
때 이른 종말을 맞았노라!
폭풍이 휘몰아쳐, 아름다운 꽃 한 송이
여명 속에 시들고,
제단 위의 불길은 꺼졌나니!……

32

그는 꼼짝 않고 누워 있었고, 이마 위의
지쳐 버린 평화는 기묘한 것이었다.
총알이 관통한 가슴 아래 상처로
붉은 피가 김을 내며 흘러나왔다.
한순간 전만 해도
이 심장 안에서는 영감과

적의와 희망과 사랑이 솟구쳤건만,

생명이 뛰놀고 피가 끓었건만, —

이제는, 마치 텅 빈 집처럼,

그 안의 모든 것이 고요하고 캄캄한 채

영원히 고동을 멈추었도다.

굳게 닫힌 덧문, 백묵으로 칠해진

유리창. 그곳에 주인은 없다.

어디로 갔는지는 알 길도 없이 흔적마저 사라졌다.

33

과감한 경구시로

실수한 적의 화를 돋우는 건 통쾌한 일.

그자가 성난 뿔을 고집스레 들이민 채

무심코 들여다본 거울에서

자기 모습 발견해 창피해하는 걸

지켜보는 것 또한 통쾌한 일.

그가 만약 멍청하게, 이게 나라니!

라고 부르짖는다면, 그건 더더욱 통쾌한 일.

그보다 더 통쾌한 건 말없이

그를 위해 명예의 관 준비한 후

점잖은 거리 두고 조용히

창백한 그의 이마 겨누는 일.

하지만 조상들 곁으로 보내는 것만큼은

결코 통쾌할 리가 없다.

34

그러니 만약
불손한 눈초리나 대답으로,
혹은 다른 어떤 사소한 사건으로
술자리의 당신을 모욕했거나,
아님 불처럼 화를 내며
오만하게 당신을 결투장에 불러냈던 젊은 친구가
당신의 권총에 쓰러졌다면?
말해 보시라, 당신 가슴이
어떤 감정에 휩싸일는지, 만약
이마 위에 죽음의 표식 단 채
꼼짝 않고 땅 위에서
차츰차츰 굳어 가는 그를 본다면,
당신이 처절하게 불러 댄들
듣지도 말하지도 못하는 그를 본다면?

35

심장을 갉아먹는 슬픔에 잠겨
권총이 부서져라 손에 꼭 쥔 채
예브게니는 렌스키를 들여다본다.
"자, 어찌 되었나? 죽었군." — 그것이 이웃의 결론이었다.

죽었군!…… 이 끔찍한 외침에
충격 받은 오네긴은 부들부들 떨면서
비켜 나와 사람들을 부른다.
얼음장 된 시체를 조심스레
썰매에 누인 자레츠키가
그 끔찍한 운구 실어 집을 향하고,
죽은 자의 냄새 맡아
킁킁대고 몸 비틀던 말들은
쇠 재갈에 허연 거품 묻히면서
쏜살같이 내달린다.

36
벗들이여, 그대들은 시인이 가엾겠지.
행복한 희망의 절정에서,
세상에 그 희망을 꽃피우기도 전에,
유년의 옷도 미처 벗지 못한 채,
시들어 버리다니! 그 불같은 격정과
젊고, 숭고하고, 부드럽고, 무모한
감정이며 생각들의
고결한 갈망은 어디 갔는가?
폭풍 같은 사랑의 욕망과
배움과 노동을 향한 갈구와
수치와 악에 대한 공포와

그리고 베일에 싸인 공상들,
그리고 천상적인 삶의 환영,
그리고 신성한 시의 꿈은 어디 있는가!

37
어쩌면 그는 이 땅의 행복 위해,
아니면 적어도 명성 위해 태어났으며,
이제는 소리 멈춘 그의 리라도 어쩜
수 세기를 거쳐 우렁차고 끊임없이
울렸을지 모르리. 어쩜
세상의 사다리 중 가장 높은 단 위에
시인의 자리는 준비되어 있었으리.
어쩜 그의 고통에 찬 그림자가
성스러운 비밀을 앗아 가,
생명력 있는 그 목소리
우리 앞에서 영영 사라졌기에,
무덤 저편의 그림자에겐 이제
시간의 찬가도, 인류의 축복도
영영 닿을 수 없게 된 것이리.

38* 39
그러나 어쩜 시인의 운명은
평범했을 수 있으니,

청춘이 지나면서
불같은 영혼도 식었을 것이다.
여러모로 달라진 그는
뮤즈와 결별한 후, 결혼하여
시골서 솜 넣은 가운 두른 채
바람피우는 아내와 행복하게 살았을 것이다.
인생의 진정한 의미도 알고,
마흔에는 통풍 앓고,
먹고 마시며 지겨워하다, 뚱뚱하고 쇠약해져
결국에는 침대에서 자식들,
약사들, 흐느끼는 아낙들에 에워싸여
자신의 최후를 맞이했을 것이다.

40
하지만 어찌 되었든, 독자여,
불행히도 젊은 연인이자
시인이자 우울한 몽상가인 그는
친구의 손에 죽었다!
영감(靈感)의 후예가 살던
마을 왼편에
뿌리 얽혀 자라난 소나무 둘 서 있고,
그 아래로 이웃 골짜기에서 흘러든
시냇물 굽이치는 장소가 있다.

일하는 농부들 한숨 돌리고,
추수하는 아낙네들
짤랑대는 물 항아리
채우러 오는 그곳,
그늘 우거진 시냇가에
소박한 비석은 세워졌다.

41
그 비석 아래서(들판의 곡식 위로
봄비 방울 떨어질 때면)
목동은 색깔 섞인 짚신 짜며
볼가 강의 어부 노래 불러 본다.
시골에서 여름 나는
도시의 처녀라면,
혼자서 말 타고
들판을 내달리다
그 앞에서 고삐 당겨
말을 멈춘 뒤,
모자의 베일 들고
소박한 비문을
재빨리 읽어 내릴 것이다. 부드러운
눈동자에 눈물 고인 채.

42

그러고는 공상에 잠겨 인적 없는 들판을
느릿느릿 지날 것이다.
마음은 저절로 렌스키의 운명에 쏠려
이런 생각을 하는 것이다.
'올가는 어떻게 되었을까?
그녀의 가슴은 오랫동안 아팠을까,
아니면 눈물의 시간도 곧 지나갔을까?
그녀의 언니는 지금 어디 있을까?
그리고 세상과 사람들을 피해 다닌,
세련된 미녀들의 세련된 적수,
젊은 시인의 살인자인
그 음울한 괴짜는 어디 있을까?'
내 머지않아 모든 것을
상세히 여러분께 밝히려는바

43

지금은 때가 아니다. 비록 나의
주인공을 진심으로 사랑하며
물론 그에게로 되돌아갈 것이지만,
지금은 그럴 생각이 없다.
시대는 엄숙한 산문으로 기울어 가고
시대는 개구쟁이 각운을 몰아내는데,

나 자신은 — 한숨 쉬며 고백하는바 —
그나마 마지못해 질질 끌려갈 뿐.
낡은 펜은 휘날리는 종잇장에
휘갈기는 재미를 잃어버렸고,
이젠 또 다른 냉랭한 꿈이,
이젠 또 다른 엄숙한 근심이
세상 소음 속에서건 고요함 속에서건
내 영혼의 잠자리를 어지럽힐 따름이다.

44

이제 다른 욕망의 목소리를 들었으며
새로운 슬픔을 나 알게 되었나니.
나의 새 욕망에는 희망이 없고
과거의 슬픔은 가없을 따름이다.
꿈이여, 꿈이여! 네 달콤함은 어디 있는가?
그 영원한 메아리인 '젊음'은 어디 있는가?
정녕 정말로 그 화관은
끝내 시들어 버렸는가?
(이제까진 농담으로 그리 말해 왔다만)
정녕 정말로 진실로,
엘레지의 흉내도 내지 못한 채
내 생의 봄날은 날아가 버렸는가?
다시는 돌아올 수 없게 된 건가?

정녕 내가 곧 서른이란 말이던가?

45

그렇다, 내 인생의 절반이 채워졌음을
나도 인정해야만 한다.
그래, 좋다. 친구처럼 헤어지자,
내 날렵한 청춘이여!
네가 준 기쁨들과
슬픔과 기분 좋은 고통들과
소음과 폭풍과 술자리들,
그 모든 것, 네가 내게 준 모든 것에 대하여
너에게 감사한다.
불안한 가운데도 고요한 가운데도
나는 너를 즐겼었다…… 부족함 없이.
그러면 됐다! 맑은 마음으로
이제는 새로운 여행을 떠나
예전의 삶에서 휴식을 취하련다.

46

한 번만 더 뒤돌아, 안녕, 내 안식처여,
정열과 게으름과
음울한 영혼의 꿈에 잠겨
벽촌의 지난날을 흘려보낸 그곳이여.

그리고 청춘의 영감이여, 너는
내 상상력을 일깨워 다오,
잠든 이 심장을 되살려 다오,
너는 내 거처에 자주 날아들어 다오,
하여 지금 다정한 벗 그대들과 함께
내가 빠져 헤엄치는 이 혼돈의 늪,
죽음으로 향하는 사교계의 이 환락 속에서
시인의 영혼이 차가워지지 않도록,
완고하고 냉담해져
마침내는 돌처럼 굳어지지 않도록 해 다오.*

제7장
〔모스크바〕

러시아의 소중한 딸, 모스크바여,
어느 누가 너와 견주리?
—드미트리예프

우리 모스크바를 어찌 사랑 안 하랴?
—바라틴스키

모스크바를 헐뜯다니! 세상을 본다는 게 그런 거군요!
더 나은 곳은 대체 어디죠?
우리가 존재하지 않는 곳이겠지.
—그리보예도프

1

봄빛에 내몰린
주변 산의 흰 눈이
희뿌연 냇물 되어
따스해진 초원에 흘러내렸다.
자연은 잠에서 깨어나며
해맑은 미소로 한 해의 아침을 맞이한다.
파랗게 빛나는 하늘.
여전히 투명한 채

초록빛 솜털로 덮이는 숲.

밀랍 골방을 떠나

들판의 조공 모으러 날아든 벌 떼.

뽀송뽀송 색색 옷 입는 골짜기.

울어 대는 가축 떼들. 어느새

한밤의 침묵을 깨운 꾀꼬리 노랫소리.

2

봄, 봄! 사랑의 계절이여,

네가 오는 것이 내게는 슬프구나!

이리도 괴로운 격랑이

내 영혼과 내 피 속에 일게 되느니!

시골의 고요한 품 안에서

내 얼굴에 불어드는

봄 숨결의 즐거움도

고통스러운 감동만을 일으키느니!

아니면 즐거움은 나의 몫이 아니던가,

기쁨 주고 생기 주는 그 모든 것,

환호하며 반짝이는 그 모든 것이

오래전 생명 잃은 내 영혼에

권태와 번뇌를 가져다주고,

모든 것은 어둡게만 보이는 건가?

3

아니면 새로운 숲의 소리 귀에 울릴 때,
우리는 가을에 떠나갔던 나뭇잎의
귀환을 반기는 대신,
애달픈 상실만을 기억하게 되는 걸까?
아니면 혼란스러운 상념에 잠겨,
되살아난 자연과
되살아날 길 없이 시들어 버린
지난날을 비교하고 마는 걸까?
어쩌면, 시적인 몽상과 함께
흘러간 옛날의 또 다른 봄이
우리의 머리에 찾아 들어와
우리의 가슴은 꿈으로 뛰는 걸까?
머나먼 땅,
신비한 밤, 달……

4

봄이다. 마음 좋은 게으름뱅이들,
현명한 에피쿠로스들,
무심하고 행복한 자들,
료프신* 계파의 햇병아리들,
시골의 제왕 프리아모스들,
감각적인 숙녀 분들,

봄은 당신들을 전원으로 손짓한다.
따스함과 꽃과 노동의 계절,
영감 깃든 산책과
매혹적인 밤의 계절.
벗들이여, 들판으로! 어서, 어서,
집 마차든 역마차든,
가득 채워 짐 싣고서
도시의 관문을 빠져나가자.

5
관대한 독자인 당신께서도
주문 수입한 마차에 올라
겨우내 흥겹게 놀며 지낸
들뜬 도시를 떠나 보시라.
나의 고집스러운 뮤즈와 함께
시골로 가서,
게으르고 우울한 은둔자인 예브게니가
내 사랑스러운 몽상가인
젊은 타냐와 이웃하며
얼마 전까지도 겨울을 났던,
하지만 이제는 슬픈 자취만 남긴 채
떠나가 버린 그 시골의
이름 없는 강가에서 웅성대는

떡갈나무 소리를 들어 보시라.

6
반원형을 이루며 에워싼 산속의,
작은 시내 굽이굽이
푸른 초원 지나 보리수 숲 너머
강으로 흐르는 곳, 그곳으로 가 보시라.
그곳에서 봄의 연인 꾀꼬리는
밤새 노래하고, 들장미는 만발하며,
샘물은 재잘댄다.
나이 먹은 두 그루 소나무 그늘 아래
돌로 된 묘비가 하나 있으니,
방랑객이 읽어 보는 비문은 다음과 같다.
"어느 어느 해, 어느 어느 나이에
용감한 죽음을 일찍 맞이한
블라디미르 렌스키, 이곳에 누워 있다.
젊은 시인이여, 고이 잠들라."

7
그곳의 소나무 굽은 가지에
매달린 남모르는 화환 하나
평온한 묘비 위로 불어 드는
새벽바람에 나부끼던 때가 있었다.

한가한 밤 시간이면
그곳을 찾은 두 자매가
달빛 비친 무덤에서
부둥켜안고 눈물짓던 때가 있었다.
하지만 이제…… 슬픈 묘비는
잊혔다. 그곳으로 났던 길은
잡초로 뒤덮이고, 가지에도 화환은 없다.
오직 병들고 늙어 버린 목동만
예전처럼 노래하며 그곳에서
초라한 짚신을 짜고 있을 뿐.

8* 9* 10
내 불쌍한 렌스키! 슬픔에 잠긴
그녀는 오래 울지 않았다.
아, 젊은 약혼녀는
자신의 슬픔에 충실치 않았느니!
다른 남자가 그녀의 관심을 끌고
다른 남자가 사랑의 감언으로
그녀의 고통을 잠재웠다.
창기병이 그녀를 매료하고
그녀는 창기병을 진심으로 사랑하고……
그러더니 어느새 내리뜬 두 눈에 불길을 담고
입술에는 가벼운 미소를 띤 채,

화관 쓴 머리를
수줍게 떨구고는
그와 함께 제단에 서 있지 않은가.

11
내 불쌍한 렌스키! 무덤 저편
공허한 영원의 나라에서
운명적인 배신의 이 소식 듣고
그대 음울한 시인은 당황했는가,
아니면 레테 강 위에서
무감각의 은총으로 잠든 시인에게
당황스러운 일이란 있을 수 없고,
세상은 닫힌 채 침묵할 뿐이던가?……
그래! 무심한 망각이
무덤 너머로 우리를 기다린다.
원수와 친구와 애인의 목소리는
불현듯 그칠 게다. 오직
상속인들의 천박한 재산 다툼만
성난 합창을 시작할 테지.

12
올랴의 낭랑한 목소리는 곧
라린가에서 사라졌다.

운명의 포로인 창기병은
그녀를 데리고 연대에 가야 했다.
딸과 헤어지는 늙은 어머니는
애절한 눈물로 뒤범벅되어
거의 제정신이 아니었건만,
타냐는 슬픈 얼굴에
죽음 같은 창백함만 띠었을 뿐
울 수 없었다.
모두들 문밖에 나가
신혼부부 마차를 에워싸고
온통 야단법석 작별 인사 하는 내내
타티아나는 그들을 배웅했다.

13
오랫동안, 안개 속을 헤쳐 가듯,
그녀는 눈으로 그들 뒤를 따랐다……
이제는 마침내 혼자가 된 타티아나!
아, 그녀의 오랜 짝,
그녀의 어린 비둘기,
피를 나눈 그녀의 친구가
운명에 의해 먼 곳으로 떠나가며
영원한 작별을 고한 것이다!
그녀는 그림자처럼 이리저리 서성이다가

텅 빈 정원을 바라본다……
그 어느 곳, 그 어느 것에도 기쁨은 없고,
목에 걸린 울음은
무엇으로도 가라앉지 않으니 —
가슴이 두 쪽으로 찢어진다.

14
게다가 잔혹한 고독 속에
열정의 불길은 더 세게 일어,
머나먼 오네긴에 대해
가슴은 더 크게 울려 댄다.
그녀는 그를 볼 수 없을 것이며,
그녀는 형제의 살인자인
그를 증오해야만 한다.
시인이 죽었다…… 하나 그는 이미
모두에게 잊혔고, 약혼녀는 이미
다른 남자 품으로 갔다.
푸른 하늘 위의 연기처럼
시인의 기억은 사라져 버린 것이다.
혹 두 사람 마음쯤은 여전히
슬픔에 잠겨 있을까…… 그러나 슬퍼한들 무엇 하리?……

15

저녁 무렵이었다. 하늘은 어두워지고,
냇물 고요히 흐르고, 풍뎅이는 윙윙.
춤추던 처녀들 어느새 집으로 가고,
강 건너 어부들 피운 불이
연기 내며 타오른다. 청량한 들판,
은색 달빛 아래,
몽상에 잠긴
타티아나는 홀로 걷고 있었다.
걷고 또 걷는데, 순간 그녀 앞에
언덕 밑으로 지주의 집이 나타나고,
마을과 언덕 아래 펼쳐진 숲이 보이고,
반짝이는 강물 위편으로 정원이 펼쳐진다.
그녀는 바라보았고 ― 그러자 심장은
더 빨리, 더 세게 뛰기 시작했다.

16

주저함이 그녀를 괴롭힌다.
"앞으로 갈까, 뒤돌아 갈까?……
그는 이곳에 없어. 사람들은 나를 모르고……
집과 정원을 보기만 하자."
그리고 이제 타티아나는 숨도 제대로 못 내쉬며
언덕을 내려와 망설이는 눈길로

사방을 둘러보다가……
텅 빈 정원에 들어선다.
그러자 개들이 짖어 대며 달려들고,
그녀의 놀란 비명에
집 지키던 농노의 아이들이
시끄럽게 모여들었다. 사내아이들은
아가씨를 보호하며
싸움하듯 개들을 쫓아 보냈다.

17
"나리의 집을 한번 볼 수 없을까?" —
타냐가 물었다. 아이들은 재빨리
문 열쇠를 가지러
아니시야에게 달려갔다.
곧바로 나타난 아니시야는
그녀 앞에 현관문을 열어젖혔고,
타냐는 얼마 전까지 우리의 주인공이 살던
텅 빈 집 안으로 들어갔다.
그녀는 본다. 홀의 당구대에서
잊힌 채 쉬고 있는 큐,
주름 잡힌 소파 위에 놓인
승마용 채찍. 타냐는 계속 안으로 들어간다.
노파가 말한다. "그리고 이쪽 벽난로.

나리께선 여기 혼자 앉아 계시곤 했죠.

18

돌아가신 이웃 렌스키 나리와
겨울이면 여기서 식사를 하셨어요.
이쪽으로, 절 따라오세요.
여기가 나리의 서재랍니다.
이곳에서 잠도 자고, 커피도 마시고,
관리인의 보고도 듣고,
아침에는 책도 읽고……
예전의 주인님도 여기서 지내셨죠.
어쩌다 일요일이면 저와 함께
여기 창문 아래서 안경을 끼시고는
카드놀이 하자 하셨는데.
신이시여, 그분의 영혼에 구원을,
무덤 속 축축한 대지에 묻힌
그분의 유해에 안식을 주소서!"

19

타티아나가 다정한 눈길로
주위의 모든 것을 둘러보니
어느 하나 소중하지 않은 게 없고,
하나같이 고통스러운 기쁨으로

괴로운 영혼에 생기를 불러올 뿐.
불 꺼진 램프가 서 있는 책상,
책 무더기, 양탄자 씌워 놓은
창가의 침대,
달빛 어스름 속에 보이는 창밖의 풍경,
그 창백한 박명,
바이런 경의 초상,
팔짱 꼭 끼고
모자 아래 이마를 찌푸린 채 서 있는
주철 인물상.

20
타티아나는 최신 유행의 그 방 안에
오랫동안 매료된 듯 서 있었다.
그러나 때가 늦어, 바람은 차갑게 일고
계곡은 어둑어둑. 안개 낀 강가의
숲은 잠들고,
달은 산 뒤로 숨었으니,
젊은 여순례자도
집으로 갈 시간이 훨씬 지났다.
타냐는 흥분을 감춘 채,
그러나 한숨지으며
되돌아간다.

빈 저택에 또 찾아와
혼자 책 읽어도 되겠냐는
부탁만을 사전에 남겨 두고.

21
타티아나는 여자 관리인과
문밖에서 헤어졌다. 하루가 지나
아침 일찍 그녀는 또다시
버려진 은둔처에 나타났다.
아무 말 하지 않는 서재에서,
세상 모든 일은 잠시 잊은 채,
마침내 혼자가 된 그녀는
한참 울었다.
그러고는 책 읽기에 들어갔는데,
처음에는 책 읽을 기분이 아니었지만,
갖춰 놓은 책들이
그녀에겐 기이한 것들이었다. 타티아나는
목마른 영혼으로 독서에 빠져들었고,
그녀 앞엔 또 다른 세계가 펼쳐졌다.

22
예브게니가 이미 오래전
독서에서 멀어진 건 익히 아는바,

그래도 몇 권만은
예외로 아꼈으니, 그들은
「이단자」와 「돈 주안」의 시인,
또한 시대를 반영하고,
메마르고 이기적인
부도덕한 영혼으로
환상만 끝없이 좇는,
또 그 텅 빈 행동 안엔
악의 담긴 사고가 들끓고 있는
현대적 인간형을
꽤 충실히 묘사해 낸
소설 두세 권이었다.

23
페이지 여러 곳에
날카로운 손톱으로 표시가 되어 있어
세심한 처녀의 눈은
더욱더 반짝이며 그곳에 쏠린다.
대체 어떤 생각과 의견에
오네긴이 감동을 받았는지,
무엇을 침묵 속에 동감하고 있었는지,
타티아나는 두근대며 깨닫는다.
여백에서 그의 연필 자국을

발견하기도 한다.
혹은 짧은 한마디, 혹은 십자가 표시,
혹은 갈고리 모양의 물음표 빌려
오네긴의 영혼은 저도 몰래 도처에서
스스로를 드러낸다.

24

그리하여 이제 조금씩
나의 타티아나는
전능한 운명의 힘에 의해
자신이 동경해 온 바로 그 상대를
좀 더 명료하게 — 다행스럽게도 — 이해하기 시작한다.
슬프고도 위험한 괴짜,
지옥 혹은 천상의 피조물,
이 천사, 이 오만한 악마인,
그는 과연 무엇인가? 모방인가,
하찮은 환영인가, 아니면 혹
해럴드의 외투 걸친 모스크바인,
타인의 괴벽에 대한 해석,
유행어로 가득 찬 사전?……
혹 패러디는 아닐는지?

25

과연 의문은 풀렸는가?

과연 '그 단어'는 찾았는가?

시간은 흘러가고, 벌써부터 집에서

기다리고 있는 것도 그녀는 잊었다.

두 이웃이 모여 앉은 집에서는 마침

그녀에 대한 이야기가 오가는 중.

— 어쩌야 하나? 타티아나도 애가 아닌데. —

노부인이 넋두리처럼 말했다. —

사실 올렌카가 더 아래거든요.

이제는 정말 시집보낼 때가

되었는데. 그런데 애를 어쩌면 좋아요?

누굴 얘기해도 한마디로 잘라서

싫다고 하니. 하루 종일 슬픈 얼굴로

혼자 숲이나 떠돌고.

26

"사랑에 빠진 건 아닐까요?" — 대체 누구랑요?

부야노프가 청혼하니 거절.

이반 페투슈코프도 마찬가지.

경기병 피흐틴이 우리 집에 묵었을 때,

세상에, 타냐에게 홀딱 반해

온갖 아첨을 떨지 않았겠어요!

이제 뭔가 되려나 보다 생각했는데,
어딜! 또 허탕인 거예요. ―
"어쩜, 왜 그렇게 됐을까?
모스크바로, 신부 시장으로 가는 거예요!
거기는 빈자리가 많다던데."
― 아이고! 수입이 얼마 안 돼서. ―
"한 해 겨울쯤은 가능해요.
뭣하면 나라도 빌려 드릴 테니."

27
적절하고 합리적인 이 조언이
노부인은 무척이나 맘에 들었다.
이것저것 고려한 후 ― 그 자리서
겨울에는 모스크바에 가기로 결정.
타냐는 그 소식을 들었다.
까다로운 사교계의 심판 아래
시골의 평이함과
유행 지난 차림새,
유행 지난 말투의
모든 것을 낱낱이 드러내며,
모스크바 멋쟁이와 요부들의
조롱 섞인 시선을 끌게 된다니!……
오, 끔찍해라! 아니다, 시골 숲에

남는 편이 더 좋고 옳으리라.

28

그녀는 이제 아침의 첫 햇살에 눈뜨자마자
들판으로 서둘러 가
감동 어린 눈길로
둘러보며 말을 건넨다.
"안녕, 평화로운 계곡들아,
낯익은 산봉우리와
낯익은 숲들아.
아름다운 하늘아, 안녕.
명랑한 자연도, 안녕.
고요하고 사랑스러운 이 세계를
화려하고 번잡스러운 소음과 바꾸다니……
나의 자유, 너와도 안녕!
대체 왜, 어디로 난 가는 걸까?
내 운명은 어떻게 되는 걸까?"

29

그녀의 산책이 더 길어진다.
혹은 작은 언덕, 혹은 작은 시내의
매력에 빠져
타티아나는 절로 발을 멈춘다.

오랜 친구와 대화를 나누듯
그녀는 자신의 숲과 초원에
다시 한 번 달려가 얘기를 나눈다.
하지만 짧은 여름은 화살처럼 지나가고
황금빛 가을이 왔다.
화려하게 치장한 희생양처럼
창백한 얼굴로 몸을 떠는 자연……
그리고 이제 먹구름 몰고 온 북방이
숨을 몰아쉬며 포효하니 — 바로
마법의 겨울이 다가오는 것이다.

30
그렇게 온 겨울은 흩어 퍼지며
참나무 큰 가지에 송이송이 매달리고,
들판과 언덕 주변에
몸을 눕혀 물결치는 양탄자가 되어 버렸다.
꼼짝 않는 시냇물과 시냇가는
부풀어 오른 장막으로
편편히 덮이고,
서리가 반짝인다. 겨울의 변덕에
우리는 즐겁다만,
타냐의 가슴은 즐겁지 않아.
겨울을 반기러 나가지도,

눈가루를 들이쉬러 나가지도,
목욕탕 지붕에 내린 첫눈으로
얼굴, 어깨, 가슴 씻으러 나가지도 않는다.
겨울의 여행길만 두려울 따름이다.

31
출발 날짜 오래전에 지나갔고,
마지막 기한이 다가온다.
잊고 버려뒀던 마차는
살펴 다시 두드려 고쳤다.
여느 짐마차처럼, 포장 썰매 세 대에
냄비, 의자, 궤짝,
잼 담은 병, 방석,
깃털 이불, 수탉 우리,
항아리, 대야 *et cetera* (기타 등등),
온갖 잡동사니
가재도구 실리고,
오두막의 하인들 야단법석,
작별의 울음소리 울려 퍼지고,
마당으로 열여덟 마리 여윈 말 끌어내

32
영주의 마차에 매어 놓고,

요리사는 아침 식사 준비하고,
썰매에 산더미 같은 짐 실리고,
마부들, 아낙네들 서로 다툰다.
난발의 여윈 말 위에
턱수염 난 마부가 앉고,
종복들은 주인과 작별하러
문가에 모여든다. 드디어
모두들 자리 잡으니, 귀하신 마차 행렬
미끄러져 정문을 빠져나간다.
"안녕, 정든 곳이여!
안녕, 외딴 안식처여!
다시 볼 수 있을까?……" 타냐의 눈에서
눈물이 강물처럼 흘러내린다.

33
우리가 훌륭한 문명에
문호를 더 많이 개방한다면,
언젠가(철학적 통계표의
산술에 따르자면
5백 넌쯤 지나) 우리의 도로는
당연히 몰라보게 달라지고,
러시아 여기저기는 포장도로로
이어지며 교차될 거다.

주철 다리의 커다란 아치가
강 위를 뛰어넘고,
산이 나뉘고, 강 밑으로
과감한 굴이 뚫리고,
기독교 나라의 모든 역참마다
선술집이 생겨날 거다.

34
현재 우리의 도로는 불량해서*
버려진 다리들은 썩어 가고,
역참에선 벼룩과 빈대들로
잠을 잘 수 없는 데다
주점도 없다. 온기 없는 오두막엔
그럴싸한, 하지만 속은 텅 빈 메뉴가
겉치레로 걸려 있어
헛된 식욕을 약만 올리고,
마을 대장장이들은
미지근한 불 앞에 앉아
러시아산 망치로
날렵한 유럽 제품들 손보며
조국 땅의 도랑과
파인 길에 칭송을 퍼붓는다.

35

대신 한겨울 추울 때 하는
여행은 상쾌하고 경쾌하다.
유행가의 생각 없는 가사처럼
겨울 길은 반지르르.
우리네 마부들은 활기차고,
트로이카 마차는 지치는 법 없다.
이정표는 울타리처럼 지나가며*
빈둥대는 시선에 여흥을 베푼다.
불행히도 라린 부인이
비싼 여비를 걱정하여
역마차 아닌 집 마차를 끌고 간 덕에
우리의 아가씨는 권태로운 여행길을
한껏 만끽하게 되었다.
모녀는 7일간을 꼬박 달렸느니.

36

마침내 가까워 간다. 그들의 눈앞에
하얀 돌로 세워진 모스크바의
오래된 둥근 지붕들이
금빛 십자가로 빛을 발한다.
아, 형제들이여! 내 앞에 불쑥
성당과 종탑과 정원과 궁궐 들이

반원형을 그리며 나타나던 그 순간,

난 얼마나 기뻐했던가!

슬픈 이별 속에,

떠도는 운명 속에,

난 얼마나 자주 모스크바 너를 생각했던가!

모스크바…… 러시아인의 가슴에 그 울림은

얼마나 많은 것을 담고 있는가!

얼마나 많은 것을 메아리치는가!

37

여기, 떡갈나무 숲으로 둘러싸인

페트롭스키 성이 음울하게

최근의 영광을 뽐내고 있다.

유서 깊은 크렘린의 열쇠 바치며

무릎 꿇는 모스크바를

최후의 행복에 만취한

나폴레옹은 기다렸건만,

천만에, 나의 모스크바는

그에게 고개 숙이지 않았노라.

초조하게 기다리는 영웅에게

축제도, 환영의 선물도 아닌

화재를 준비해 놓았을 뿐.

이곳에서 나폴레옹은 생각에 잠겨

성난 불길을 바라보았다.

38

잘 있거라, 무너진 영광의 목격자인
페트롭스키 성이여. 자, 어서! 멈추지 말고
계속 가자! 어느새 도시 관문의 기둥이
희끗거린다. 마차는 벌써
트베르스카야의 파인 길을 달리고 있다.
눈앞에 스쳐 가는 초소들, 아낙네들,
남자애들, 상점들, 가로등불,
궁전들, 정원들, 수도원들,
부하라 남자들, 썰매들, 텃밭들,
상인들, 오두막들, 농부들,
산책로들, 종탑들, 카자크인들,
약방들, 옷 가게들,
발코니들, 대문 앞의 사자상들,
십자가 위의 까마귀들.

39* 40

이렇듯 고단한 산책이
한두 시간 이어진 후, 마침내
하리톤 성당 옆 골목길의
저택 대문 앞에서 마차는

멈춰 섰다. 4년째 폐병을 앓고 있는

노숙모 집에

당도한 것이다.

누더기 된 외투 입고 안경 걸친

백발의 칼미크인이

한 손에 양말 쥔 채, 문을 활짝 열어 준다.

객실에서 소파에 퍼져 있던

공작 부인이 소리치며 손님을 맞이하니

노부인들 울면서 얼싸안고

감탄의 외침들이 흘러나온다.

41

― 공작 부인, *mon ange* (내 천사)! ― "Pachette (파셰트)!"*

― 알리나! ―

"이게 누구야? 대체 얼마 만인가!

오래 있을 거야? 세상에! 동생!

앉아 ― 이럴 수가!

어쩜, 소설의 한 장면이네……."

― 애는 우리 딸, 타티아나. ―

"어머, 타냐! 이리 와 보렴 ―

꼭 꿈을 꾸고 있는 것 같아……

동생, 그랜디슨 기억나지?"

― 그랜디슨이라니?…… 아, 그랜디슨!

그럼, 기억하지, 기억해. 어디 있는데? ㅡ
"모스크바에, 시메온 성당 근처.
크리스마스 전야에 왔다 갔지.
아들은 얼마 전에 장가보냈고.

42

그리고 또 왜…… 아냐, 나중에 다 얘기하게 되겠지,
그렇지? 친척들 모두에겐
내일 타냐를 보여 주자꾸나.
딱하게도 난 마차 타고 돌아다닐 힘이 없네.
간신히 걸을 수나 있을 정도니.
여행길에 지쳤겠어.
우리 같이 좀 쉬자고……
아이고, 힘 빠져…… 가슴이 지친 거야……
이젠 슬픔뿐만 아니라
기쁨도 감당하기 힘들거든…… 애야,
난 더 이상 아무 쓸모도 없게 되었단다……
늙으니까 산다는 게 너무도 추해……"
그러고서 기진맥진해진 그녀는
눈물이 나도록 기침을 해 댔다.

43

병자의 환대와 기쁨이

타티아나를 감동시킨다. 하지만
자신의 시골집에 익숙한 그녀에게
새집은 불편만 하고,
새 침대의 비단 커튼 아래서는
잠도 잘 오지 않는다.
아침 시작을 알리는
새벽 종소리에
침대에서 몸을 일으킨
타티아나는 창가에 가 앉는다.
걷히는 어둠과 함께
그녀 눈에 낯익은 들판 대신
낯선 뜰과 마구간과 부엌과
담장이 모습을 드러낸다.

44

그리고 이제 타티아나는 날마다
친척들 식탁에 불려 가
할아버지 할머니들 앞에
얼빠지고 맥 빠진 모습을 선보인다.
멀리서 찾아온 친척 처녀는
어딜 가나 환영이고,
따뜻한 감탄사와 향응이 이어진다.
"타냐가 많이도 컸군! 내가 네

대모를 서 준 것도 오래전이지?
내가 이렇게 두 팔로 안아 줬는데!
내가 이렇게 귀를 잡아당겼는데!
내가 이렇게 과자를 먹였는데!"
그러면서 할머니들은 이구동성으로 말한다.
"세월이 참 빠르기도 해!"

45
하지만 그들은 변한 게 없다.
공작 부인 옐레나 숙모의
비단 레이스 모자하며,
루케리야 르보브나의 하얀 분칠,
류보프 페트로브나의 거짓말,
이반 페트로비치의 멍청함,
세묜 페트로비치의 인색함,
펠라게야 니콜라브나의
예의 그 친구 므슈 핀무슈,
예의 그 스피츠 개, 여전히 성실한
클럽 멤버로, 여전히 온순하고, 여전히 귀가 먼,
그리고 여전히 2인분을 먹고 마시는,
예의 그 남편.
모든 게 다 옛날 그대로이다.

46

친척의 딸들도 타냐를 포옹한다.

모스크바의 젊은 미녀들은

타티아나를 머리부터 발끝까지

처음엔 말없이 바라보다가,

어딘가 이상하고,

촌스럽고 새침하고,

어딘가 창백하고 초췌하고,

하지만 어딘가 꽤 괜찮은 구석을 발견한다.

그러고는 자연의 순리대로

그녀와 친해져 자기 방에 데려가고,

입 맞추고, 다정하게 손도 잡고,

유행하는 곱슬머리 말아도 주며,

노래하는 말투로 속마음을 얘기한다.

가슴속 비밀, 처녀의 비밀을,

47

자신 혹은 다른 이의 승리담을,

희망과, 장난과, 꿈을.

가벼운 비방으로 덧칠한

순결한 고백들이 흘러나온다.

그러고는 그 수다의 보답으로

타냐에게 솔직한 고백을

응석 떨듯 졸라 댄다.
하지만 마치 꿈에서인 양,
타냐는 그들의 이야기를 흘려들을 뿐,
어느 하나 이해할 수가 없고,
가슴속 비밀과,
눈물과 행복의 남모르는 보물은
내내 침묵 속에 간직한 채
아무와도 나누지 않는다.

48
타티아나도 다른 이의 이야기와 공통 화제를
귀 기울여 듣고 싶지만,
객실 안 모두의 관심사는
지극히 두서없고 속물적인 헛소리라
모든 것이 너무나도 생기 없고 무심하여
비방하는 험담마저 지루할 정도이다.
무익하고 메마른 언사와,
심문과, 수다와, 소문 속에
생각이라 할 만한 건 하루 종일
우연이건 그냥이건 내비치는 적이 없고,
지쳐 있는 정신의 미소도 없고,
심장의 떨림은 농담으로라도 없으니.
공허한 사교계여, 네게서는

우스운 바보짓조차 찾지를 못하겠다.

49
귀족 청년들 떼 지어
타냐를 예의 갖춰 훑어본 후,
자기네들 사이에서
불손하기 짝이 없는 입방아를 찧어 대고,
그녀에게서 이상형을 발견한
어느 한 애처로운 익살꾼은
문가에 기대어
그녀에게 바치는 애가를 짓고,
따분한 숙모의 집에서 타냐를 만난
뱌쳄스키는 어찌어찌 그녀 옆에 붙어 앉아
관심을 끄는 데 성공하고,
옆에서 그녀를 눈여겨본
한 늙은이, 가발을 매만지며
이것저것 캐묻는다.

50
하지만 광란하는 멜포메네의
길고 긴 흐느낌이 울리는 그곳,
냉담한 군중 앞에
그녀의 금빛 망토 휘날리는 그곳,

정다운 박수 소리 아랑곳없이

탈리아가 곤하게 잠자는 그곳,

젊은 관객의 감탄이

테르프시코레 하나에만 쏟아지는 그곳

(당신과 나의

지나간 시절에도 그랬었느니),

그곳에선 귀부인의 질투 어린 쌍안경도,

일등석과 특별석에 앉아 있는

멋쟁이 전문가의 오페라글라스도

타냐에게 향하지 않았다.

51

귀족 클럽에도 그녀를 데려갔다.

붐빔과 흥분과 열기,

천둥 치는 음악 소리, 찬란한 불빛,

빠르게 회오리쳐 지나는 남녀,

미녀들의 하늘거리는 옷차림,

다채로운 사람들의 청중석,

반원형으로 넓게 모인 신붓감들,

그 모두가 불시에 감각을 놀라게 하는 곳.

이름난 멋쟁이들

자신의 뻔뻔함과 조끼와

산만한 안경을 뽐내는 그곳,

휴가 나온 경기병들
서둘러 달려와 한바탕 시끄럽게
빛 발하며 사로잡다, 증발해 버리는 그곳.

52
밤하늘엔 아름다운 별도 많고,
모스크바엔 미녀도 많다.
하지만 천상의 친구들 중 가장 밝게 빛나는 건
푸른 하늘의 저 달,
그리고 내 리라조차 감히 건드릴 수 없게,
당당한 저 달처럼
수많은 여자들 중 빛을 발하는
한 여인이 있으니,
그 얼마나 신성한 오만함으로
그녀는 이 땅을 살며시 스치는지!
그 가슴은 얼마나 달콤함이 가득한지!
신비로운 그 눈길은 얼마나 나른한지!……
그러나 됐다, 됐어. 이제는 그만.
광기의 대가는 일찍이 치렀던 바.

53
소음, 깔깔댐, 분주함, 절하기,
갤럽과 마주르카와 왈츠…… 그 와중에

기둥 옆, 두 숙모들 사이에서
그 누구의 관심도 끌지 못하는
타티아나. 눈에는 아무것도 들어오지 않고,
사교계의 소란이 혐오스러울 따름이다.
이곳이 답답하다…… 그녀의 몽상은
달려간다. 초원의 삶으로,
시골로, 헐벗은 농민에게로,
맑은 시내 흐르는
외딴 구석으로,
꽃과 소설 안으로,
보리수 오솔길의 어스름 속,
그녀 앞에 '그'가 나타났던 바로 그곳으로.

54
그렇게 그녀의 생각은 먼 곳을 떠도느라
사교계와 소란스러운 무도회는 잊은 지 오래.
한편 그녀에게서 눈을 떼지 못하는
지위 높은 장군이 하나 있어,
숙모들은 서로서로 눈짓하며
동시에 팔꿈치로 타냐를 찌르더니
각자 이렇게들 소곤댄다.
— 빨리 왼쪽을 보아라. —
"왼쪽? 어디요? 대체 뭐가 있는데요?"

— 글쎄, 하여튼, 보라니까……

저기 모여 선 사람들, 보이냐? 그 앞쪽에,

군복 걸친 두 사람 있잖냐……

지금 자리를 떴다…… 지금 옆으로 돌아섰네…… —

"누구요? 저 뚱뚱한 장군?"

55

이쯤에서 사랑스러운 타티아나의

승리를 축하하고,

이제는 갈 길을 떠나가자.

내 노래의 주인공을 잊어서는 아니 될 터……

그런데 이 김에 한두 마디 덧붙이노니,

"젊은 내 친구의

수많은 괴벽들을 나 노래하노라.

오 그대, 서사시의 뮤즈여,

내 긴긴 작업을 축복해 주오!

내가 여기저기 헤매지 않게

믿음직한 지팡이를 나의 손에 맡겨 주오!"

충분하다! 이제 짐을 벗었노라!

늦기는 했어도, 이렇게 서문이 마련됐거늘,

나도 고전주의에 경의는 표한 셈이다.

제8장
〔상류 사회〕

1

내가 리세의 정원에서
한 송이 꽃처럼 평화롭게 피어나며
아풀레이우스는 기꺼이 읽어도
키케로는 읽지 않던 바로 그 시절,
그 시절의 어느 봄날,
비밀스러운 계곡의 정적 속에 반짝이는
물가에서 백조들의 합창과 함께
뮤즈는 내 앞에 나타나기 시작했다.
나의 학생 방에
갑자기 빛이 비치고, 그 안에서 뮤즈는
젊은 치기의 향연을 베풀며
아이 같은 명랑함을,
조국의 지나간 영광을,

심장의 고동치는 꿈들을 노래했다.

2

그리고 세상은 미소로 그녀를 맞이했다.
최초의 성공은 우리에게 용기를 주었으니,
연로한 데르자빈이 우리를 눈여겨봐
무덤으로 가는 길에 축복을 해 주었다.
…………………………………………
…………………………………………
…………………………………………
…………………………………………
…………………………………………
…………………………………………
…………………………………………
…………………………………………
…………………………………………
……………………………………………*

3

그리고 난 열정의 전횡만을
법칙 삼아,
주위의 떼거리와 감정을 공유한 채
깊은 밤 야경꾼의 공포라 할

술자리와 격렬한 논쟁의 소음으로
생기발랄한 내 뮤즈를 인도했다.
광기 어린 술자리의 야경꾼에게
선물을 가져온 그녀가
바쿠스의 무녀처럼 수선 떨며
술잔 앞의 손님에게 노래하면,
지나간 그 시절의 청년들은
정신없이 그녀 뒤를 따라다녔고 ―
친구들 틈에서 난 바람 든 그녀가
자랑스러웠다.

4

하지만 난 그들의 결사를 떠나
먼 곳으로 달아났다…… 그녀와 함께.
얼마나 자주, 다정한 뮤즈는
비밀스러운 이야기의 마술을 걸어
내 말 없는 여행길을 위로해 주었던가!
얼마나 자주, 달빛 비친
캅카스 절벽 위를 그녀는 레오노레처럼
나와 함께 말 타고 달렸던가!
얼마나 자주 그녀는 타브리다 해안의
밤안개 속으로 나를 데려가
바다의 소음과,

네레이스의 끝없는 속삭임과,
깊고 또 영원한 파도의 합창과,
세상 신에 바치는 찬가를 듣게 해 주었던가!

5
머나먼 수도의
광휘와 시끄러운 술자리를 망각한 채
그녀는 서글픈 몰다비아 황야에서
떠돌이 종족의
초라한 천막에 찾아들어
그들과 뒤섞인 야성의 삶을 살며
괴상하고 초라한 언어 위해,
사랑스러운 광야의 노래 위해,
신들의 언어는 잊어버렸다……
어느 순간 사방의 모든 것이 변하더니,
그녀는 두 눈에 슬픈 상념 가득하고
두 손에는 프랑스 책자를 든
시골 귀족 처녀의 모습으로
나의 정원에 나타났다.

6
이제 처음으로 내 뮤즈를
사교계 모임*에 데려와

그녀가 지닌 자연의 매력을
질투하며 소심하게 지켜보나니,
빽빽이 늘어선 귀족들,
뽐내는 군인들, 외교관들,
도도한 부인들 사이를 스쳐 지나
그녀는 조용히 자리에 앉더니,
붐벼 대는 떠들썩함,
잠깐씩 가물대는 의상과 언어,
젊은 여주인 앞으로
천천히 다가오는 손님들,
검은 액자처럼 귀부인들 둘러싼
남자들을 감상하듯 바라보는 것이다.

7

소수가 주도하는 담화의
정연한 질서,
침착한 오만의 냉기,
직위와 연령의 뒤섞임이 그녀는 맘에 든다.
그런데 선택받은 이 무리의 틈에 끼여
말없이 음울하게 서 있는 저자는 누구인가?
모두에게 낯설기만 한 남자.
그 앞으로 따분한 유령의 행렬처럼
사람들 얼굴이 지나간다.

그의 얼굴에 떠오른 건 우울증인가,

아니면 고통에 찬 거만함? 그가 왜 이곳에?

대체 누구란 말이던가? 설마 예브게니?

정말 그 남자?…… 그렇다, 바로 그다.

— 이곳에 온 지는 오래된 건가?

8

그는 여전할까, 아니면 좀 온순해져 있을까?

아니면 아직도 괴짜인 척을 하나?

그는 어떠한 모습으로 돌아왔나?

이번에는 어떤 모습 보여 주려나?

이제는 무엇으로 나타나려나? 멜모스,

코즈모폴리턴, 애국자,

해럴드, 퀘이커, 위선자,

아님 전혀 다른 가면을 자랑하려나,

아님 당신과 나, 온 세상 사람처럼

그저 평범한 한 소시민?

최소한 내 충고는 다음과 같다.

낡아 빠진 유행일랑 벗어던지라.

세상은 속일 만큼 속여 왔느니……

— 당신은 그를 아시는가? — 알기도 하고 모르기도 하고.

9
— 그러면서 왜 그리도 악의 품고
그를 평하시는가?
우리가 끊임없이 신경 쓰며
모든 것을 심판하기 때문인가,
과격한 영혼의 경솔함이
하찮은 자존심을
모욕하고 웃기기 때문인가,
자유를 사랑하는 사고력이 답답해진 때문인가,
우리가 너무 자주 그리고 너끈히
말과 실제를 혼동하는 때문인가,
경박하고 악의에 찬 어리석음 때문인가,
중요한 사람에겐 헛소리도 중요한 때문인가,
평범함 그것만이
우리에겐 친숙하게 허용되기 때문인가?

10
젊은 시절 젊었던 자 복이 있나니,
제때 성숙한 자,
삶에 대한 냉담함을 서서히
세월의 흐름 따라 견뎌 내며 살아온 자,
기이한 몽상에 빠져들지 않았던 자,
세속의 군상들을 멀리하지 않았던 자,

스무 살엔 맵시꾼 아니면 얍삽꾼이었다
서른 살엔 부잣집에 장가든 자,
사적이고 공적인 의무에서
쉰 살엔 해방을 맞이한 자,
명예, 재물, 지위를
조용히 차례차례 손에 넣은 자,
아무개는 훌륭한 사람이라고
한 세기를 통틀어 일컬어진 자, 복이 있나니.

11
그러나 우리에게 젊음은
헛되이 주어졌음을,
우리는 언제나 젊음을 배반하고
젊음은 우리를 기만했음을,
최상의 욕망들과 신선했던 꿈들이
비 내리는 가을날 낙엽처럼
하나하나 순서대로 썩어 갔음을
생각하면 슬프도다.
우리 앞엔 똑같은 식사의
기나긴 행렬만 남아 있고,
인생을 의례로 간주하여
견해도 열정도 공유하지 않으면서
격식 차린 군중 뒤를 따라가야 한다는 건

견디기가 어렵도다.

12

시끄러운 심판의 대상이 되어
상식적인 사람들 사이에서
가식적인 괴짜로,
슬픈 광인으로,
악마 같은 괴물로,
심지어는 나의 악마로 불리는 걸
참을 수 없어 했던(이 점에는 공감하시리라)
오네긴은(다시금 화제를 그에게 돌려)
결투에서 친구를 죽인 후엔
아무런 목적 없이, 하는 일 없이
스물여섯 되도록 살아오면서,
한가로운 무위의 지겨움 속에
관직도, 아내도, 할 일도 없는 채로
그 어떤 것에도 전념하지 못했다.

13

불안에 사로잡혀
장소의 변화를 원하게 된
(정말이지 고통스러운 특성의 십자가로,
자진해서 짊어질 자 얼마 없지만)

그는 날이면 날마다
피투성이 환영이 출몰하는
자신의 영지와
적막한 숲과 밭을 뒤로한 채
감정 하나에만 몸을 맡긴
목적 없는 방랑을 시작했는데,
세상 모든 것이 그러했듯
여행도 그에게는 지겨워졌다.
하여 다시 돌아와, 흡사 차츠키처럼
배에서 무도회로 직행했던 것이다.

14

그런데 순간 사람들이 동요하며
홀 전체가 수군수군……
여주인 앞으로 귀부인이 다가오고,
당당한 장군이 그녀 뒤를 따른다.
그녀는 서두름 없이
차갑지도, 수다스럽지도 않았고,
모두에게 불손한 시선을 주는 법 없이
억지로 관심을 끌려 하지 않았고,
남들 같은 조그만 찡그림도 없었고,
남들 따라 부려 보는 기교도 없었다……
그녀의 모든 것은 조용하고 단순했으니,

마치 *du comme il faut**(용서하게, 시슈코프,
그 말을 어떻게 번역할지 모르겠네)의
충실한 복제 같았다……

15
여자들은 그녀 앞에 가까이 다가가고,
노부인은 그녀에게 미소를 머금었다.
남자들은 허리 숙여 절하며
그녀의 시선을 얻으려 애썼고,
홀을 지나가는 젊은 처녀들은
그녀 앞을 숨죽여 지나갔다.
뭐니 뭐니 해도 그들 중에
콧대와 어깨를 가장 높이 치켜든 건
그녀와 함께 나타난 장군.
아무도 그녀를 미인이라 칭할 수
없겠지만, 그녀의 머리부터 발끝을
통틀어 발견되지 않는 것이 있었으니,
그것은 바로 런던 상류층의
독재적인 유행이 입에 올리는
*vulgar*라는 말. (못하겠다……

16
그 단어를 무척 좋아한다만,

번역하진 못하겠다.

우리에게 아직은 새로운 말로,

어떻게 바꿔 본들 마땅치 않으니.

경구시엔 요긴하게 쓰이런만⋯⋯)

하여튼 우리의 여인에게 돌아오자.

초연한 아름다움이 매력인

그녀는 탁자 옆에

네바의 클레오파트라로 불리는

화려한 니나 보론스카야와 앉아 있다.

하지만 니나의 대리석 같은 미모가

아무리 눈부셔도

옆자리 여인의 빛을 가리지는 못했다고,

당신은 필경 동의하리라.

17

"설마, — 예브게니는 생각한다. —

설마 그녀라니? 확실해⋯⋯ 아니야⋯⋯

그럴 리가! 광야 같은 벽촌에서⋯⋯"

잊혔던 그 형상을

어렴풋이 상기시키는 여인 쪽으로

그는 성가신 오페라글라스를

쉬지 않고 들이댄다.

"공작, 자네 혹시 아는가,

진홍색 베레 쓰고

스페인 대사와 얘기하는 여인이 누구인지?"

공작이 오네긴을 쳐다본다.

— 아하! 꽤나 오랫동안 사교계를 비웠구먼.

기다리게, 소개시켜 줄 테니. —

"대체 누군데?" — 내 아내지.

18

"자네가 결혼했다고! 미처 몰랐었네!

오래됐나?" — 2년 남짓. —

"누구하고?" — 라리나. — "타티아나!"

— 그녀를 아는가? — "그 집과는 이웃이지."

— 오, 같이 가세. — 공작은

자신의 친척이자 친구인 그를 데리고

아내에게 다가간다.

공작 부인이 그를 바라보는데……

그녀의 영혼이 어떻게 동요했건,

얼마나 격하게

놀라고 당황했건,

그 모습엔 변화가 없다.

평상의 어조를 그대로 유지하며

평상대로 조용히 인사할 뿐.

19

맹세코! 흠칫 놀라 떨지도,
갑자기 창백해지거나 빨개지지도……
눈 하나 깜짝하지도,
입술을 깨물지도 않는다.
오네긴이 제아무리 열심히 살펴봐도
예전의 그 타티아나는
흔적조차 발견할 수가 없다.
그녀에게 어떻게든 말을 걸고 싶어 그는,
그는 — 그러나 할 수 없었다. 그녀 쪽이 물어 온다.
이곳에 온 지는 오래됐는지, 어디서 오는 길인지,
혹시나 그들 살던 동네에서 올라온 건지?
그러더니 남편에게 피곤한 시선을
던지고는 미끄러지듯 가 버린다……
그는 그 자리에 굳은 채로 남겨졌다.

20

정녕 이 소설 초반부의
머나먼 벽촌에서
그 언젠가 단둘이 마주 선 채
그가 선의의 도덕적인 열정에 차
교훈을 설교했던
바로 그 타티아나가,

아직까지 그의 손에 남아 있는
편지에서 모든 것을 자유롭게 드러내며
가슴으로 얘기했던
그 소녀가…… 아니면 혹시 꿈인가?……
기 꺾인 운명 속에
그가 한때 무시했던
그 소녀가 정녕 지금
이토록 무심하고 대담해져 있단 말인가?

21

그는 수많은 군상을 뒤로한 채
생각에 잠겨 집을 향한다.
그의 뒤늦은 잠은
슬프고도 아름다운 꿈으로 어지럽다.
아침에 눈을 뜨니 편지가
와 있는데, 아무개 공작의 정중한
저녁 초대. "아니! 그녀 집에!……
오 가리라, 가리라!" 하면서 그는
예의 바른 답신을 재빨리 휘날린다.
어찌 된 것인가? 이상한 꿈이라도 꾸고 있는 듯!
냉랭하고 게으른 영혼의
심연에서 무엇이 발동했나?
오기? 허영? 아니면 또다시

22

또다시 오네긴은 시계를 쳐다보며,
또다시 해 저물기만 초조하게 기다린다.
10시 땡 치자마자 집을 나와
쏜살같이 달려서 현관 앞에 당도한다.
두근대며 공작 부인 집으로 들어가니
타티아나가 혼자 있다.
둘이서 몇 분간
앉아 있는데, 오네긴의 입에서는
아무 말도 나오지 않는다. 침울하고
어색하게 겨우겨우 몇 마디만
그녀에게 대답할 뿐. 머릿속엔
집요한 생각 하나 가득 차 있어,
그는 집요하게 바라본다. 그녀는
평온하고 편안하게 앉아 있다.

23

남편이 들어오는 바람에
불편한 *tête-à-tête* (단둘의 대화)는 중단된다.
남편과 오네긴은
지난날의 장난과 농담들을 회상하며

웃음을 터뜨린다. 손님들이 도착하고,
심술궂은 사교계가 내뿜는 강한 소금기로
대화는 활기를 띠기 시작한다.
여주인 앞에서 가벼운 헛소리가
알랑한 겉치레 없이 번뜩이고,
그러는 사이사이 저속한 주제도,
영원한 진리도, 현학도 담기지 않은
합리적인 이야기가 튀어나오는데,
그 자유로운 생동감은 누구의 귀에도
놀라움을 주는 것이 아니었다.

24

그러나 그곳에는 수도의 꽃, 다시 말해
어디서나 마주치는 얼굴들,
없어서는 아니 될 바보들, 곧
명문 귀족과 유행의 표본들이 모여 있었다.
모자 쓰고 장미꽃 치장한,
보기에도 악의에 찬 나이 든 부인들.
미소 없는 얼굴의
몇몇 처녀들.
정부 일을 늘어놓는
외교관.
무척이나 예리하고 영리한 건 맞지만

이제는 좀 우스워진 농담을
옛날 하던 버릇대로 풀어 놓는
향수 뿌린 백발의 노인.

25
경구시에 중독되어
사사건건 화를 내는 신사 양반.
가령, 너무 단 주인집 차,
여자들의 평범함, 남자들의 어조,
음울한 소설에 내려진 해석,
두 자매가 하사받은 훈장 리본,
잡지의 거짓말, 전쟁,
쏟아지는 눈, 자신의 아내를 향해.
……………………………………
……………………………………
……………………………………
……………………………………
……………………………………
……………………………………*

26
온갖 앨범들을 돌아가며
St.-Priest (생 프리)의 연필을 닳게 했던,

널리 알려진 비열한 영혼의 소유자
프롤라소프도 와 있다.
문가에는 부활절 주간의 천사처럼 두 볼이 빨간
무도회의 또 다른 독재자가
꼭 끼는 옷에 말없이, 부동자세로
잡지 속 그림처럼 서 있다.
지나치게 뻣뻣한 철면피인
한 방랑객은 우연히 나타나
억지 위엄 부리며
좌중의 조소를 자아내고,
하객들은 주고받는 무언의 시선으로
그에게 공동의 판결을 언도한다.

27

하지만 나의 오네긴은 저녁 내내
오직 타티아나에게만 사로잡혀 있었다.
사랑에 빠진 가엾고 순박하고
소심한 그 처녀가 아니라,
저 화려하고 위풍당당한 네바의
범접할 수 없는 여신,
저 냉담한 공작 부인 타티아나에게만.
오, 인간들아! 그대는 모두
인류의 조상인 이브를 닮았노라.

손안에 든 것엔 끌리지 않고,
뱀은 끊임없이 자기 쪽으로,
비밀의 나무로 그대를 부르나니,
금단의 열매는 주어지게 되어 있다.
하긴 그것 없는 낙원은 낙원이 아닐 터.

28

타티아나가 그토록 변하다니!
그토록 의연히 맡은 역을 해내다니!
구속적인 상류층의 요령에
그토록 재빨리 적응하다니!
이 당당하고, 이 태연스러운
연회의 여왕에게서
누가 감히 연약한 소녀를 찾아볼 수 있겠는가?
그런 그녀의 가슴을 그가 흔들어 놓았었다니!
그런 그녀가 잠의 신이 찾아들지 않는
한밤의 어둠 속에서
그 때문에 순진한 슬픔에 잠겨
괴로운 시선을 달에 고정한 채
언젠가 그와 함께 마치게 될
평온한 인생길을 꿈꾸곤 했었다니!

29

나이를 불문하고 사랑에는 장사가 없다.
하지만 젊고 순진한 가슴에는
들판에 불어닥친 봄철의 폭풍처럼
사랑의 충동이 유익한 법이어서,
열정의 비를 맞아 생기를 얻고,
새로워지고, 성숙하고 —
그리하여 왕성한 생명은
화려한 꽃과 달콤한 열매를 맺게 된다.
반면 인생의 모퉁이인
늙고 메마른 나이에는
열정의 활기 잃은 자취가 슬플 따름이다.
마치 추운 가을 폭풍이 불어닥쳐
초원은 늪으로 뒤바뀌고
주위의 나무들은 헐벗게 되듯.

30

의심할 필요도 없다. 아뿔싸! 어린애처럼
예브게니는 타티아나와 사랑에 빠져 버린 것.
사랑을 생각하며 우수에 잠겨
그는 밤낮을 지새운다.
이성의 준엄한 질책에도 아랑곳 않고
그녀 집 유리 현관 앞으로

날마다 달려간다.

그녀를 그림자처럼 따라다니는 것이다.

그는 행복하다. 그녀의 어깨 위로

폭신한 털목도리 걸쳐 줄 때,

뜨겁게 타오르며 그녀 손에 닿게 될 때,

이런저런 수많은 하인들 사이

가르며 그녀 위해 길을 터 줄 때,

그녀의 떨어진 손수건을 들어 올릴 때.

31

그가 아무리 기를 쓰고 심지어는 죽어 가도

그녀는 아는 체하지 않는다.

집에서는 느긋하게 맞이하고,

손님들 사이에서 세 마디쯤 말 건네고,

때로는 인사만 까딱,

때로는 아예 알아보지도 못한다.

그녀에게 교태란 손톱만큼도 없다 —

그런 것은 상류층이 용납하지 않는 터.

오네긴의 얼굴은 파리해져 가건만

그녀에겐 안중 밖, 혹은 관심 밖.

오네긴은 초췌해져 — 어느새

반폐병 환자가 되어 버린다.

모두들 오네긴을 의사에게 가 보라 하고,

이구동성 '온천욕'을 추천한다.

32

그러나 그는 가지 않는다. 일찌감치
임박한 만남의 통지서를 조상에게
올리리라 각오하면서. 타티아나는
관심도 안 두는데(그것이 여자이다),
그는 굳세게 포기하지 않고
여전히 희망을 품은 채, 애쓴다.
그리고 건강한 사람보다 더 대담한 병자의
힘없는 손으로 공작 부인에게 보내는
열정적인 연서를 쓰는 것이다.
물론 편지에 별 의미를 두는 것은
아니었고, 또 그게 당연했지만,
필경 가슴 찢는 고통을 더 이상은
어찌할 수 없었기 때문이었다.
여기 그 편지를 그대로 옮겨 본다.

타티아나에게 보내는 오네긴의 편지

　　다 예견하오. 슬픈 비밀의 이 고백이
당신에겐 모욕이 될 것임을.

어떤 쓰디쓴 경멸이

당신의 도도한 시선에 나타날지도!

무엇을 원하냐고? 무슨 목적으로

내 마음을 당신에게 열어 보이냐고?

그 어떤 사악한 즐거움의

기회를 꾸미냐고 할 수도 있을 거요!

　　그 언젠가 우연히 당신을 만나

애정의 불꽃을 발견했던 나는

감히 그것을 믿을 수 없어

달콤한 관습의 길로 나아가지 못했소.

나 자신의 역겨운 자유를

잃고 싶지 않았던 거요.

그리고 우리를 갈라놓은 또 하나……

렌스키가 불행한 희생양으로 쓰러졌소……

가슴이 원하는 모든 것으로부터

그때 난 내 가슴을 떼어 놓아 버렸다오.

모두에게 등 돌리고, 모든 것과 절연한 채,

난 생각했소. 자유와 평온이

행복을 대신하리라. 맙소사!

그것은 실수였고, 내게 내려진 형벌이란!

　　아니요, 매 순간 당신을 보고,

어딜 가나 당신의 뒤를 따르고,

그 입술의 미소, 그 눈의 움직임을

사랑에 빠진 두 눈으로 붙잡고,

오래도록 당신에게 귀 기울이고, 가슴으로

당신의 모든 완벽함을 이해하고,

당신 앞에서 고통 속에 심장이 멎어

창백해지며 꺼져 가고…… 이것이 최상의 행복이오!

　　그런데 그것을 잃었소. 당신을 찾아

발길 닿는 대로 헤맨다오.

하루가 아깝고 한 시간이 아깝건만,

운명이 셈한 날들을

헛된 권태 속에 낭비하고 있소.

사실 하루하루가 이미 힘겹소.

일생은 일찌감치 마름질돼 있다는 걸 아오.

하지만 내 생명을 그때까지 유지하려면,

아침마다 난 확신할 수 있어야 하오.

낮에는 우리가 만나게 되리란 걸……

　　두렵소. 내 겸허한 애원 안에서

혹 당신의 냉엄한 눈이

가증스러운 계교를 발견하게 된다면 —

당신의 분노 어린 질책이 들리오.

사랑의 갈증으로 애태우며

불타오르면서도 — 들끓는 피를

매 순간 이성으로 잠재워야 한다는 것이,

당신의 두 무릎을 꼭 껴안고

흐느끼며 당신의 발아래

애원과, 고백과, 호소와,

내가 표현할 수 있는 모든 것을

쏟아 붓고자 열망하면서도,

가식적인 냉정으로 언어와 시선을 무장한 채

명랑한 눈으로 당신을 바라보며

차분한 대화를 이어 가야 한다는 것이

얼마나 끔찍한 일인가를 당신이 알 수 있다면!……

　　　하지만 어쩔 수 없소. 더 이상

나 자신과 싸울 힘이 없소.

모든 것이 정해졌으니, 당신의 의지에

내 운명을 바치오.

33

답장은 없다. 또 다른 편지가 이어진다.

두 번째, 세 번째 편지에도

답장은 없다. 그가 한 모임에

가게 되어 들어선 순간…… 그녀와

마주친다. 어쩌나 냉랭하던지!
눈길도 안 주고, 말 한마디 안 건넨다.
와! 엄동설한의 냉기로
어쩌나 꽁꽁 얼어붙어 있는지!
꼭 다문 입술로
어쩌나 노여움을 참고 있는지!
오네긴이 주의 깊게 응시한다.
곤혹의 기색은, 연민은 어디 있나?
눈물 자국은?…… 없다, 없다!
그 얼굴엔 오직 하나, 분노의 흔적뿐……

34
그렇다, 충동적인 유약함, 불장난……
즉 오네긴이 알고 있는 그 모든 것을
남편이나 세상이 알게 될까,
비밀스러운 공포에서 어쩌면……
희망은 없다! 그는 떠나가며
자신의 광기를 저주한다 ―
그러면서 그 안으로 깊이 침잠해
세상과는 또다시 연을 끊었다.
떠들썩한 사교계로 뒤쫓아 온
잔인한 우울증이
결국 그를 낚아채 옷깃을 잡아끌고

캄캄한 구석에 가둬 놓았던
옛날 그 시절이
말 없는 서재의 그 앞에 떠올랐다.

35
또다시 마구 읽기 시작한다.
기번, 루소,
만초니, 헤르더, 샹포르,
Madame de Staël (스탈 부인), 비샤, 티소를 읽고,
회의주의자 벨을 읽고,
퐁트넬의 작품을 읽고,
국내 어떤 작가도 읽고,
아무것도 마다 않고 읽었다.
또 이제는 그토록 나를 욕해 댄다만, 여러분,
"È sempre bene (매우 훌륭하다)"
같은 마드리갈도
가끔씩은 나에 대해 실려 있던,
귀 따갑게 우리에게 설교를 반복하는
문예지와 잡지들 역시 읽었다.

36
그리하여? 눈으로는 읽으면서
생각은 먼 곳을 떠돌았고,

몽상과 욕망과 슬픔이

가슴속 깊은 곳에 몰려들었다.

영혼의 눈을 통해

인쇄된 행간에서

다른 말을 읽어 가며 그 세계로

완전히 몰입했으니, 그것은

진솔하고 무지했던 옛날의

신비한 전설들,

맥락 없는 꿈들,

위협, 소문, 예언들,

혹은 기나긴 민담의 생생한 허구,

혹은 젊은 처녀의 편지들.

37

그렇게 차츰차츰

감각과 사고의 마취로 빠져들면,

그의 눈앞에서 상상이

자신의 화려한 카드를 고르기 시작한다.

눈앞에 떠오른다. 녹은 눈 위에

마치 숙소에서 잠든 것처럼

한 청년이 꼼짝 않고 누워 있는데,

들려오는 목소리 — "어찌 되었나? 죽었군."

눈앞에 떠오른다. 잊었던 적수들,

비방자들, 간악한 겁쟁이들,

자신을 배반했던 수많은 처녀들,

경멸스러운 동무 패거리,

그리고 시골집 — 그리고 창가에

앉아 있는 '그녀' …… 그러고는 온통 그녀!……

38

이렇듯 넋을 잃는 일에 익숙해진 나머지

그는 하마터면 정신이 돌거나

시인이 될 뻔했다.

하긴, 그랬다면 은총이었을 거다!

실제로 당시 내 어리석은 제자는

최면의 위력에 끌려

러시아 시의 기술을

거의 깨칠 뻔했었으니.

벽난로는 타고 있고,

구석에 홀로 앉아

Benedetta (베네데타)* 또는 *Idol mio* (나의 우상)를

중얼대다 불 속으로

덧신이나 잡지책을 내던지는

그 모습이 얼마나 시인을 닮아 있던지.

39

시간은 질주하여, 따스해진 공기 속에
겨울은 어느새 사라져 갔다.
그는 시인이 되지 못했고,
죽지도 미치지도 않았다.
봄이 그에게 생기를 부여하니,
어느 화창한 아침, 그는 처음으로
겨우내 두더지처럼 동면했던
자신의 폐쇄된 집과 이중창과
난롯가를 떠나
네바 강가를 썰매로 달린다.
조각 작품이 되어 버린 푸른 강 얼음 위로
태양이 장난치고, 거리 한 켠에
쌓인 눈은 녹아내려 진탕을 만드는데,
그 위를 달려 쏜살같이

40

오네긴은 어디로 가는 걸까? 일찌감치
벌써들 짐작했을 터. 그렇다, 바로 그녀,
자신의 타티아나에게로
치유 불능의 내 괴짜는 질주했다.
죽은 사람 형상으로 집 안에 들어간다.
입구에는 아무도 안 보인다.

홀 안으로, 더 안으로. 하지만 아무도 없다.
문을 열어 본다. 순간 그를
더없이 놀라게 한 것은?
아무런 치장 않고 창백한 얼굴로
홀로 앉아, 한 손에 뺨을 괸 채
어느 편지 읽으며
조용히 하염없는 눈물을 흘리고 있는,
바로 눈앞의 공작 부인.

41
오, 어느 누가 그 짧은 찰나에서
그녀의 말 못할 고통을 읽어 내지 못했겠나!
어느 누가 그 순간의 공작 부인에게서
예전의 타냐, 가엾은 타냐를 알아보지 못했겠나!
미칠 듯한 연민의 슬픔으로
예브게니는 그녀 발아래 쓰러졌다.
그녀는 몸을 떨고 아무 말 없이,
놀라움도 분노도 없이
오네긴을 쳐다본다……
그의 병들어 빛 잃은 시선과
애원의 표정, 무언의 질책,
그 모두를 받아들인다. 지난날의
꿈과 가슴을 지닌 소박한 처녀가

다시 그녀 안에 살아난 것이다.

42

그녀는 그를 일으켜 세우지도

그에게서 눈길을 떼지도 않고,

자신의 무감각한 손을

그의 탐욕스러운 입술에서 치우지도 않는다……

지금 그녀는 어떤 생각에 잠겨 있나?

오랜 침묵이 흐른 후

그녀가 마침내 조용히 입을 연다.

"됐어요. 일어나세요. 당신에게

솔직히 말해야겠어요.

운명이 우리를 이끈

정원의 가로수 길에서 내가

온순하게 당신의 교훈을 들어야 했던

그때를 기억하시나요?

오늘은 내 차례가 되었군요.

43

그때 난 지금보다 젊었었죠,

지금보다 더 나았던 것도 같아요.

그리고 당신을 사랑했어요. 그래서 어떻게 되었던가요?

당신의 가슴에서 무엇을 얻었던가요?

어떤 대답을? 오직 냉랭함뿐이었지요.
아닌가요? 온순한 처녀의 사랑이
당신에겐 새로운 게 아니었지요?
지금도 — 하느님! — 피가 얼어붙네요,
그 차가운 시선과
설교를 생각만 하면…… 하지만
당신을 탓하진 않아요. 그 끔찍한 순간
점잖게 처신하신 거니까,
제 앞에서 당신은 정당했으니까.
진심으로 감사드려요……

44
번잡스러운 세간의 소문과는 동떨어진
황무지에서, 그때는 — 아닌가요? —
날 좋아하지 않으셨지요…… 그런데 왜 지금은
내 뒤를 쫓으시나요?
왜 나를 점찍으셨나요?
내가 지금은 상류층에
필요한 존재이기 때문인가요?
내가 부유하고 지위 높아서,
내 남편이 전쟁의 상이용사여서,
그로 인해 궁정의 총애를 받고 있어서?
나의 치욕이

이제 모두에게 알려짐으로써
사교계의 달콤한 명성이
당신에게 쏟아질 수 있어서는 아닌가요?

45

눈물이 나는군요…… 당신의 타냐를
아직까지 잊지 않으셨다면,
알아주세요. 만약 그럴 수만 있다면,
난 이 무례한 열정과
편지와 눈물보다는
당신의 송곳 같은 힐책을,
냉정하고 준엄한 언사를 택할 것이에요.
그때 당신에겐 그래도
내 어린애 같은 꿈에 대한 연민이,
최소한 내 나이에 대한 이해가 있었어요……
그런데 지금은! — 무엇이 내 발아래
당신을 끌어들였지요? 오, 그 하찮음이라니!
당신의 그 가슴과 머리로
소소한 감정의 노예가 되다니요?

46

나에게 이 화려함이,
이 역겨운 삶의 허식이,

사교계의 소용돌이 안에서 일으킨 성공이,
이 세련된 집과 파티가
무슨 의미겠어요?
가면무도회의 이 모든 고물 따위,
이 모든 광휘와 소음과 악취 따위,
지금 당장 기꺼이 버리겠어요.
책 꽂힌 서가와 야생의 정원,
우리의 초라한 집,
당신을 처음 보았던 그 장소들,
그리고 지금은 십자가와 나뭇가지 그림자 아래
내 가엾은 유모가 잠들어 있는
그 평온한 묘지를 위해서라면……

47
행복은 그토록 가능한 것이었는데,
그토록 가까이 있었는데!…… 그러나 운명은
이미 결정됐어요. 어쩌면 난
경솔하게 행동했는지 모르죠.
어머니는 저주의 눈물로
내게 애원하셨고, 가엾은 타냐에겐
어떤 운명이건 다를 바 없었지요.
그렇게 결혼한 것이에요. 제발 부탁인데,
내 곁을 떠나 주세요.

난 알아요, 당신의 가슴속에
자존심과 참다운 명예심이 있다는 걸.
당신을 사랑해요(숨길 필요가 있을까요?)
하지만 난 다른 남자에게 속한 몸,
영원히 그에게 충실할 것이에요.”

48
그녀는 가 버렸다. 벼락에 맞은 듯
예브게니는 서 있다.
그의 가슴에 몰아닥친
감정의 폭풍이란!
불현듯 박차 소리 들려오더니
타티아나의 남편이 나타나는데,
독자여, 나의 주인공에게는
가혹한 순간인 바로 여기서
우리는 이제 그를 떠나자.
오랫동안…… 아주 영원히. 그와 함께
한 길 따라 우리도 세상을 한참이나
방랑했다. 서로서로 입항을
축하하자. 만세!
오래전에(아니던가?) 그랬어야 할 것을!

49

오 나의 독자여, 그대가 누구이든,
친구이든 적이든, 이제 나는 그대와
동지로서 헤어지련다.
안녕. 그대가 나를 쫓아 여기
이 서투른 행들에서 무엇을 찾아왔건,
그것이 폭풍 같은 기억이건,
노고의 휴식이건,
생생한 정경 혹은 재치 있는 말이었건,
혹은 문법상의 오류였건,
부디 이 작은 책자에서
티끌만큼의 재미라도, 꿈이라도,
감동이라도, 잡지의 논쟁거리라도
찾았기를 바라노니.
이제는 작별하자, 안녕!

50

그리고 모두들 안녕, 기이한 길동무였던 너,
충실한 이상이었던 너,
비록 모자라지만 생기 있고 한결같은
작품이었던 너. 너희와 더불어 난
시인이면 부러워할 모든 것을 알았노라.
폭풍 같은 세상의 삶을 잊는 법도,

친구들의 달콤한 대화도.
나이 어린 타티아나가 오네긴과 함께
몽롱한 꿈을 통해 내게 처음 나타났던
그날 이후 ―
그때 난 마법의 수정 구슬로도 미처
자유로운 소설의 먼 앞날을
또렷이 알아보지 못했으나 ―
많고 많은 세월이 흘러갔노라.

51
하나 내가 우정 어린 자리에서
첫 문장을 읽어 주었던 그들……
사디가 그 언젠가 얘기했듯,
몇몇은 이미 없고 몇몇은 멀리 있어,
그들 없이 오네긴은 완성됐노라.
그리고 타티아나의
사랑스러운 전형인 그녀……
오, 운명은 많고 많은 것들을 앗아 갔느니!
가득 찬 술잔을 비우지도 못한 채
인생의 축제를 일찌감치 떠나간 자,
내가 지금 오네긴과 헤어지듯,
인생의 소설을 다 읽기도 전에
돌연히 작별을 고할 수 있었던 자,

행복하여라.

끝

12 "북쪽은 내게는 해로운 곳이렷다": (푸슈킨 원주) 베사라비아에서 쓰였음.

13 "dandy": (푸슈킨 원주) 멋쟁이.

17 "………": (푸슈킨 초고) 가슴의 불길은 우리를 일찌감치 괴롭힌다. / 매혹적인 기만이여, / 사랑을 우리에게 가르치는 건 / 자연이 아니라 스탈 또는 샤토브리앙. / 삶을 미리 알고자 급급한 우리는 / 그것을 소설에서 알게 되고 / 모든 걸 아는 대신 / 그 무엇도 향유하진 못한다 ― / 자연의 목소리를 앞서 가며 / 우리는 다만 행복을 망쳐 가고 / 뒤늦게, 뒤늦게야 그 뒤를 따라 / 젊음의 성급함은 달려갈 뿐 / 오네긴은 그것을 체험한 것이지만 / 덕분에 여자들은 알게 되었다.

19 "………": (푸슈킨 초고) 그 얼마나 능숙하게 온순한 미망인의 / 경건한 시선을 매혹하고 / 얼굴을 붉히면서 그녀와 / 부끄럽고 곤혹스러운 대화를 시작하고 / 이 세상엔 존재하지 않는 사랑의 / 진실된 희망과 / 애틋한 미숙함으로 ― 그리고 순진한 청년의 열심으로 / 그녀를 홀릴 줄 알았던가 / 어떤 숙녀하고나 / 플라토니즘을 말하다가 / 바보 같은 처녀와는 인형 놀이 하다가 / 기대 못한 경구시로 갑자기 그녀를 놀라게 하고 마침내는 / 엄숙한 화관을 벗겨 낼 줄 알았

던가. // 마치 하녀의 발랄한 애완동물 / 안바라 호위대의 수염 난 고양이가 / 쥐를 향해 살그머니 침대에서 내려와 / 몸을 뻗쳐 살금살금 / 기더니만 단숨에 그 가엾은 것을 낚아채듯 — / 허기에 찬 탐욕스러운 늑대가 / 황량한 숲에서 나와 / 순진한 가축 떼 옆에서 잠든 / 태평스러운 암캐들 주위를 달리다가 — / 흉포한 도둑처럼 / 불시에 새끼 양을 숲으로 물고 가듯.

"볼리바르": (푸슈킨 원주) 볼리바르(Bolivar)풍의 모자.

20 "Talon": (푸슈킨 원주) 유명한 식당 주인.

21 "entrechat": 앙트르샤. 점프하며 발과 발을 빠르게 부딪치는 발레 기술 — 역주.

24 "이제는 정말이지 디들로도 싫증 나네": (푸슈킨 원주) 차일드 해럴드다운 냉담한 감정의 단면. 디들로의 발레는 생생한 상상력과 멋들어진 독특함으로 가득 차 있다. 우리의 한층 더 풍부한 낭만적 작가 중 한 사람은 그 안에서 프랑스 문학 전부를 합친 것보다 더 풍부한 시를 발견한 바 있다.

26 "손톱을 다듬는지 이해할 수 없어 했다": (푸슈킨 원주) "그가 하얀 분을 사용한다는 건 모두가 알고 있었다. 절대 믿지 않던 나조차도 그 점을 알아채기에 이르렀는데, 그건 단지 그의 얼굴색이 좋아져서가 아니라, 어느 날 아침 그 방에 들어서는 찰나 작은 특수 솔로 손톱을 다듬고 있는 그를 발견한 적이 있어서이다. 그는 내 앞에서도 자랑스레 그 일을 계속했다. 그래서 나는 매일 아침 두 시간씩 손톱을 다듬는 사람이라면, 피부 결함을 분으로 가리는 일에 몇 분쯤은 족히 할애하고도 남으리라 생각했던 것이다." — J. J. 루소, 『고백』. 그림(Grimm)은 당대에 대한 진단을 내린 것으로, 이제 문명화된 유럽에서는 모두 손톱 청소에 세심한 신경을 쓰고 있다.

34 "바시스다스": 원래는 가게의 카운터 역할을 하는 작은 창문인 'vasistas'(프랑스어)인데, 독일 빵집 주인이 그것을 독일어 'Was ist das'(이것은 무엇인가?)로 발음하고 있다 — 역주.

36 "………": 39~41연은 실제로 쓰이지 않았다 — 역주.

37 "그 모습만 보아도 '스플린'이 발병할 지경": (푸슈킨 원주) 아이러니가 담긴 이 모든 말은 사실 우리나라 여성에게 바치는 섬세한 찬사에 다름 아니다. 부알로 또한 질책을 가장하여 루이 14세를 찬양하지 않는가. 우리의 여성에겐 지성과 다정함이, 그리고 엄격한 도덕성과 함께 스탈 부인을 그토록 매료시킨 동양적인 매력이 겸비되어 있다.(*Dix années d'exil* 참조)

40 "밝고 투명한 밤하늘 펼쳐지고": (푸슈킨 원주) 독자들은 그네디치의 훌륭한 목가에 묘사된 페테르부르그의 밤을 기억하리라. "밤이다. 그러나 황금빛 구름은 보이질 않고, / 별도 없고 달도 없는 저 먼 곳은 환히 밝혀져 있다. / 먼 해안으로, 푸른 하늘에 떠 있는 것 같은 / 은빛 돛 눈에 보이고, 배들은 가물가물. / 밤하늘은 밝게 빛나고, / 서쪽의 자홍색과 동쪽의 황금색이 합쳐, / 마치 저녁 대신 붉은 아침이 곧바로 새벽 별에 의해 / 끌려 나온 듯. — 여름날이 밤의 통치를 앗아 버리고, / 한낮의 하늘에선 절대로 볼 수 없는, / 마술적인 음영과 달콤한 빛의 융합이 / 외국인의 시선을 북쪽 하늘로 끌어당기는, / 이것은 황금의 시기여라. / 푸른 눈과 붉은 뺨을 지닌 / 북구 처녀의 매력을 닮은 이 맑음은 / 아마 빛 파도의 타래로도 그늘지지 않는다. / 그때가 되면 화려한 페트로폴과 네바 강 위로 / 어스름 없는 저녁과 어둠 없는 눈 깜짝할 순간의 밤이 드러난다. / 그때가 되면 필로멜라는 한밤의 노래를 마치기가 무섭게 / 떠오르는 하루를 반기며 새 노래를 시작한다. / 하지만 밤이 깊었다. 넵스키의 동토에 쌀쌀한 바람이 불어 들고, / 서리가 내려앉는다……. / 자정이 되었다. 저녁에 천 개의 노를 웅성대게 했던 / 네바는 꼼짝도 않는다. 도시의 손님들은 집을 향하고, / 강가에서 들리던 말소리도, 강의 물결 소리도 없이, 모두 고요하다. / 다만 이따금씩 다리에서 들려오는 소리만이 강 위를 스쳐 갈 뿐. / 다만 야간 보초병들의 신호 소리만이 / 긴 외침되어 머나먼 시골 마을에서 울려올 뿐. / 모두 잠들었다……."

"어느 시에 등장하는 시인의 초상처럼": (푸슈킨 원주) "밤새 잠 못 이루며 / 화강암 벽에 기대어 / 환희에 찬 시인은 / 눈앞에 나타난 관대한 여신을 응시한다."(무라비요프, 「네바의 여신에게」)

42 "바닷가를 서성이고": (푸슈킨 원주) 오데사에서 쓰인 구절.

"아프리카 고향의 하늘 아래서": (푸슈킨 원주) 초판본을 참조할 것. *푸슈킨이 초판본에 붙인 주석은 다음과 같다. "작가의 모계는 아프리카 출신이다. 증조부인 아브람 페트로비치 하니발은 여덟 살 때 아프리카 해안에서 납치되어 콘스탄티노플로 왔다." 푸슈킨은 1833년 판본에서 애초의 이 주석을 삭제하고, 대신 현재의 주석으로 대체하였다 — 역주.

51 '루스(rus)': 고대 러시아를 지칭하는 말 — 역주.

59 "내 황금빛 궁전 안에 들어오세요!⋯⋯": (푸슈킨 원주) 「드네프르 강의 인어」 제1부에서.

67 "이름은 타티아나": (푸슈킨 원주) 그리스어에서 유래된 달콤한 이름들, 예를 들어 아가폰, 필라트, 표도라, 표클라 등등은 우리나라에서 평민들 사이에만 불린다.

71 "그의 책에⋯⋯ 아니었고": (푸슈킨 원주) 그랜디슨과 러블레이스는 두 멋진 소설의 주인공들이다.

72 "습관이란⋯⋯ 행복의 대용품인 법": (푸슈킨 원주) *Si j'avais la folie de croire encore au bonheur, je le chercherais dans l'habitude* (만약 내가 미쳐서 또다시 행복을 믿게 된다면, 난 그것을 습관에서 찾으리라) — 샤토브리앙.

76 "Poor Yorick": (푸슈킨 원주) "가엾은 요릭!" — 광대의 해골 앞에서 내뱉는 햄릿의 외침(셰익스피어와 스턴을 보라).

83 "⋯⋯⋯": (푸슈킨 초고) 모두 다 같은 숟가락으로 / 시골에서 저녁 식사 이후에 / 다른 할 일이나 오락은 없다 / 처녀들은 서둘러 와 / 문고리에 매달린 채 / 새 이웃을 훑어보고 / 사람들은 마당에서 / 타고 온 말에 대해 이러쿵저러쿵.

"가장 빠른 길 따라 집으로 달린다": (푸슈킨 원주) 지난번 출판 때는 "집으로 향한다(domoi letiat)"가 (그야말로 말이 안 되는) "겨울에 향한다(zimoi letiat)"로 잘못 인쇄되었었다. 그 사실을 알지 못한 비평가들은 이어지는 연에서 시간 착오 현상을 지적했다. 우리의 소설에서 시간은 달력에 따라 계산되었음을 감히 보증하는 바이다.

87 "쥘리 볼마르의…… 드 리나르": (푸슈킨 원주) 쥘리 볼마르 —『쥘리, 또는 신엘로이즈』. 말렉 아델 — M-me Cottin (마담 코탱)의 평범한 소설에 나오는 주인공. 구스타프 드 리나르 — 크뤼드너 남작 부인의 멋진 소설에 나오는 주인공.

89 "사색하는 뱀파이어…… 스보가르": (푸슈킨 원주)『뱀파이어』— 바이런의 작품으로 잘못 알려진 소설.『멜모스』— 매튜린의 천재적 작품. *Jean Sbogar* (장 스보가르) — 샤를 노디에의 유명한 소설.

96 "영원히 희망을 버릴지어다": (푸슈킨 원주) *Lasciate ogni speranza voi ch'entrate* (이곳으로 들어오는 자, 영원히 희망을 버릴지어다). 우리의 변변치 못한 작가는 유명한 이 시구의 반만 번역하였다. *단테의『신곡』지옥 편(III: 9)에 나오는 구절(원주의 '변변치 못한 작가'는 푸슈킨 자신을 일컫는다) — 역주.

99 "온건파": (푸슈킨 원주) 언젠가 고 A. 이즈마일로프에 의해 꽤나 엉터리로 출간된 잡지. 어느 날 발행인은 자신이 휴일 동안 '놀았음'에 대해 활자로 공개 사과한 바 있다.

101 "고통스러운 우수와 술자리의 시인": (푸슈킨 원주) E. A. 바라틴스키.

115 "1~6": (푸슈킨 초고) "아름답고 교활하고 연약한 종족은 / 내 인생의 초반부를 지배했다. / 그들의 전횡이 / 당시 나의 유일한 법칙이었다. / 영혼에 불이 붙는가 하면, / 순간 여인은 내 가슴에 / 그 어떤 순결한 여신으로 나타나, / 온갖 감정과 이성을 사로잡으며, / 완벽한 존재로서 빛을 발했다. / 난 침묵 속에 그녀에게 도취됐고, / 그녀의 사랑이 내게는 / 손에 넣지 못할 행복만 같았다. / 그녀의 사랑스러운 발아래서 살고 죽는 것 — / 그 외엔 바랄 것이 없었다. // 불현

듯 그녀를 증오한 적도 있었다. / 몸을 떨고 눈물 흘리며, / 슬픔과 경악 속에 그녀에게서 / 사악하고 비밀스러운 세력의 창조물을 발견하는 것이었다. / 그녀의 날카로운 시선과 / 미소, 목소리, 대화 — / 그녀의 그 모든 것엔 독이 있고, / 악독한 기만이 가득 차 있어, / 그 모든 것이 내 눈물과 신음을 탐식했으며, / 내 피를 빨아 먹었다…… / 그런가 하면 불현듯 그녀에게서 / 피그말리온의 간원이 시작되기 바로 직전의, / 아직은 차갑고 말없는, / 그러나 곧 뜨겁게 살아날 대리석을 발견한 적도 있었다. // 한 혜안의 시인 말을 / 도용해 보자면, / '테미라와 다프네와 렐레타는 — / 내게는 꿈처럼 이미 오래전에 잊혀진 존재'. / 하나 수많은 여인들 중 단 하나…… / 그녀에게 난 한참을 사로잡혀 있었건만 — / 그런데 난 사랑받았냐고? 누구에게, / 어디서, 오랫동안이었냐고……? 대체 왜 / 그걸 알겠다는 건가? 중요한 건 그게 아니다! / 지나간 과거이고 무의미할 뿐이니까. / 정작 중요한 건, 그때 이후로 / 내 가슴이 차갑게 얼어붙어, / 사랑에는 문을 닫아건 채, / 온통 텅 비어 캄캄해져 버렸다는 사실. // 내가 마침내 알아낸 건, / 영혼의 비밀에는 등을 돌린 채, / 자신의 가치를 양심에 걸맞게 높이 평가하는 / 여인들 자신이 결코 우리에 대해 놀라워할 수가 없다는 거다. / 우리의 제멋에 겨운 환희가 / 그들에겐 퍽이나 흥미롭게 여겨질 뿐. / 실제로 우리가 봐도 / 우리들이 용서할 수 없을 만큼 우스운 건 사실이다. / 조심성 없게 노예를 자처하며 / 그들이 사랑으로 보상해 주길 기다리고 있으니. / 마치 나방이나 백합에게서 / 심오한 감정과 열정을 / 요구하는 것이 가능키나 하다는 듯 / 정신 나가 사랑을 부르고 있지 않은가!"(이상의 4연은 1827년 『모스크바 통신』 제20호에 '여인들: 예브게니 오네긴 중에서'라는 제목으로 발표되었다가 최종본에서 삭제되었고, 나머지 두 연은 실제로 쓰이지 않았다 — 역주.)

128 "올랴": 러시아 이름에는 애칭이 사용되는데, 올랴, 올렌카 등은 올가의 애칭이다. 타티아나-타냐의 경우도 마찬가지이다.

135 "36": (푸슈킨 초고) 내 시선은 어느새 그들을 찾아 먼 곳을 헤매건만, / 숲으로 잠입했던 사냥꾼은 / 조심조심 격철을 내리면서 / 시를 향해 저주와 조롱을 퍼붓는다. / 누구나 취향과 / 취미는 제각각인 법. / 누구는 총으로 오리를 겨냥하고, / 누구는 나처럼 각운 따라 방황하고, / 누구는 파리채로 못된 파리나 잡고, / 누구는 계략으로 군중을 지배하고, / 누구는 전쟁을 즐기고, / 누구는 슬픈 감정에 탐닉하고, / 누구는 술 마시고, / 선과 악은 뒤섞여 있는 것이니.

136 "⋯⋯⋯": (푸슈킨 초고) ─ 단, 아무도 / 입지 않을 그런 의상을. "38": (푸슈킨 초고) 러시아 농민 셔츠에다, / 실크 스카프를 허리띠 삼아, / 타타르족 농민 외투 걸쳐 입고, / 이동 가옥 지붕처럼 생긴 / 모자 ─ 이런 '비도덕적이고 비이성적인' / 괴팍스러운 차림새는 / 프스코프의 두린 부인과 / 미진치코프를 열 받게 하였는데 ─ 예브게니는 / 어쩌면 세평을 혐오하여, / 어쩜 그조차도 모르는 채, / 다만 남들 위해 / 자신의 습관을 / 바꾸지 않았을 뿐. / 측근들은 그래서 못 참아 했다.

138 "'서리'가⋯⋯ 빨리 가지소!": 원문에 나오는 '서리(morozy)'와 '장미(rozy)'는 18세기부터 자주 등장해 온 각운 쌍으로, 푸슈킨은 기계적인 각운 사용을 비꼬는 의미에서 이렇게 꼬집어 말하고 있다 ─ 역주.
"신난 소년들은⋯⋯ 얼음을 가른다": (푸슈킨 원주) "이는 곧 소년들이 스케이트를 탄다는 의미렷다"고 우리의 한 비평가는 지적했다. 지당한 말씀.

140 "히포크레네 샘물처럼 반짝이는 술": (푸슈킨 원주) 내 아름답던 시절 / 나는 시적인 '아이'를 좋아했다네 / 사랑을 닮은 / 혹은 광란의 젊음 닮은, 어쩌고저쩌고.(L. P.에게 보내는 편지)

144 "라퐁텐": (푸슈킨 원주) 수많은 가정 소설의 작가인 오귀스트 라퐁텐.

149 "온갖 음영과 첫눈을 그려 낸 시인도 있기는 하다": (푸슈킨 원주) 뱌젬스키의 시 「첫눈」을 보라.

"핀란드 처녀를 노래한 자네와도": (푸슈킨 원주) 바라틴스키의 「에다」에 나오는 핀란드 겨울 묘사를 보라.

152 "처녀들 마음엔 '고양이' 노래가 더 좋아라": (푸슈킨 원주) 벽난로 위에서 잠자며 / 수고양이는 암고양이를 부르네. 결혼에 대한 예언. 첫 노래는 죽음을 예언한다.

153 "성함이 어떻게 되세요?": (푸슈킨 원주) 그런 식으로 미래 남편의 이름을 알 수 있다.

154 "무서워졌다": 스베틀라나는 주콥스키의 발라드 「스베틀라나」에 나오는 여주인공. 2인용 상차림의 식탁 위에 촛불과 거울을 세워 놓고, 신랑감의 모습이 비치길 기다리는 점을 치는데, 한밤중에 그녀 앞에 나타난 것은 죽은 신랑이었다 ― 역주.

158 "짖는 소리…… 타각 소리": (푸슈킨 원주) 잡지들은 '손뼉 소리(khlop)', '웅얼 소리(molv')', '타각 소리(top)' 같은 단어가 성공적이지 못한 신조어라고 비난했다. 그것들은 순 러시아 단어들이다. "몸을 식히기 위해 천막으로부터 나온 보바에게 텅 빈 들판에서 사람들 웅얼 소리와 말들 타각 소리가 들려왔다."(「보바 왕자 이야기」) '손뼉 소리'는 일상어에서 '박수 소리(khlopanie)' 대신 사용된다. '쉬쉬 소리(shipenie)' 대신 '쉬(ship)'라고 하듯. "그는 뱀처럼 쉬했다"(고대 러시아 시). 풍요롭고 아름다운 우리말의 자유를 가로막지는 말아야 하겠다.

160 "구석으로 조용히 끌고 가": (푸슈킨 원주) 우리네 비평가 중 한 사람은 이 구절에서 우리는 이해하지 못할 비속함을 발견한 듯싶다.

162 "마르틴 자데크의 책이었다": (푸슈킨 원주) 우리나라에서는 해몽집이 존경할 만한 인물 마르틴 자데크의 명의로 출판되고 있는데, 그는 B. M. 표도로프가 말하듯, 해몽집은 한 번도 쓴 적이 없다.

164 "그러나 새벽의 발그레한 손이": (푸슈킨 원주) 잘 알려진 로모노소프의 다음 시에 대한 풍자이다. "새벽은 발그레한 손으로 / 고요한 아침 바다로부터 / 태양과 함께 불러 내온다, 어쩌고저쩌고."

165 "털투성이 부야노프": (푸슈킨 원주) 나의 이웃, 부야노프, / …… / 어제는 면도도 하지 않고 나를 방문했네. / 챙 달린 모자 쓰고, 추레한 털투성이로…….(위험한 이웃)

166 "어린 처녀들은 미리부터 깡충대는데": (푸슈킨 원주) 여성의 충실한 숭배자인 우리 비평가들은 이 구절의 무례함을 심하게 비난했다.

172 "37": (푸슈킨 초고) 술자리에서만큼은 나도 감히 / 그대와 이모저모 견줄 준비가 되어 있지만, / 다른 것에 있어서는 / 그대의 승리를 인정하는바. / 내 차가운 오네긴에 비해, / 내 준장 부인에 비해, / 북방 평원의 지루함에 비해, / 우리의 최첨단 교육에 비해, / 그대의 잔인한 영웅들과 / 그대의 부당한 전쟁들과 / 그대의 키프로스와 그대의 제우스는 / 훨씬 더 우월하다. / 그래도 그대의 비열한 헬레네보다는, / 맹세컨대, 타냐가 더 사랑스럽지.

"38": (푸슈킨 초고) 내 타티아나는 그녀를 능가한다. / 비록 헬레네를 위해 그대의 메넬라오스는 / 부부의 명예를 지키려는 / 백년 전쟁에도 지치는 법 없겠지만. / 비록 선량한 프리아모스 옆에서 / 페르가모스의 원로원이 / 그녀를 보고 말하기를, / 메넬라오스가 옳다, 파리스가 옳다 하겠지만. / 전쟁에 대해서는 ― 잠깐만 / 기다려 주시기를 부탁하는바. / 좀 더 읽어 나가면서 / 냉엄한 판단은 유보하시길. / 전쟁은 있을 터이니 ― 빈말 아니고, / 그러면 됐지 않은가.

175 "43": (푸슈킨 초고) 승마장의 모래 바다 위에서 / 날쌘 암말을 채찍으로 조련하듯 / 폭풍 같은 회전으로 남자들은 / 처녀들을 밀어냈다 당겨 댄다 ― / (은퇴한 서기관인) / 페투슈코프의 장화 편자와 박차가 / 소리를 내고, 부야노프의 뒤축도 / 사방의 마룻바닥 부숴 댄다 / 튀는 소리, 치는 소리, 무너지는 소리 ― 차례차례 / 숲이 깊을수록, 나무는 더 많은 법 ― / 이제는 청년들 순서― / 돌진한다 ― 하지만 제발 점프만은! ― / 아, 제발 좀 살살! 뒤축으로 / 숙녀들 발 짓이길라.

180 "베리": (푸슈킨 원주) 파리의 레스토랑 주인.

184 "그것이 곧 여론이렷다": (푸슈킨 원주) 그리보예도프의 시구.

187 "15": (푸슈킨 초고) 그래, 그래, 자고로 질투의 발작이란 — / 병으로서, 역병과도 같고, / 시커먼 우울증, 열병, / 정신 이상과도 같다. / 열로 활활 타오르며, / 질투 나름의 열기와 헛소리와 / 악몽과 환영이 뒤따른다. / 신이시여, 나의 친구들이여 제발! / 질투의 숙명적인 아픔만큼 / 고통스러운 형벌은 세상에 없다. / 나를 믿으라, 그 고통을 견뎌 낸 자라면 / 이제 일말의 두려움 없이 / 화형대에 오를 것이고, / 도끼 아래 목을 내밀 것이니.

"16": (푸슈킨 초고) 헛된 질책으로 / 무덤의 평온을 깨고 싶지는 않다. / 끔찍한 경험과 / 낙원의 찰나적 쾌락을 / 내 폭풍 같은 젊은 시절 알게 해 주었던, / 마치 모자라는 어린애를 가르치듯, / 괴로워하며, 내 여린 가슴에 / 심오한 슬픔을 가르쳐 주었던 / 그대, 그대는 이제 없다. / 그대는 황홀한 애무로 내 피를 끓게 했고, / 잔혹한 질투의 불길과 / 사랑으로 내 피를 불타게 했다. / 그러나 그 힘든 날은 지나갔느니, / 괴로운 그림자여, 편히 쉴지어다!

193 "르파주": (푸슈킨 원주) 뛰어난 권총 제작자.

201 "38": (푸슈킨 초고) 자신의 삶을 독으로 채운 채, / 신통한 선행도 없이, / 아, 그는 불멸의 영광으로 / 신문 지면이나 메웠을 수도 있다. / 사람들을 가르치고, 형제들을 속이면서, / 박수 또는 저주의 우레 속에 / 끔찍한 인생길을 완성한 후, / 우리의 쿠투조프 혹은 넬슨, / 혹은 유배지의 나폴레옹처럼 / 그 마지막 숨길을 / 장엄한 트로피에 불어 내쉬었을 수 있다. / 또는 릴레예프처럼 교수형에 처해졌을지도 모른다.

207 "마침내는 돌처럼 굳어지지 않도록 해 다오": (푸슈킨 원주) 초판본에서는 제6장이 다음과 같이 끝을 맺었다. "그리고 청춘의 영감이여, 너는 / 내 상상력을 일깨워 다오, / 잠든 이 심장을 되살려 다오, / 내 거처에 자주 날아들어 다오, / 시인의 영혼이 차가워지지 않게, / 완고해지고 냉담해져 / 마침내는 돌처럼 굳어지지 않게 해 다오. / 죽

음으로 향하는 사교계의 이 환락 속에서, / 영혼 없이 오만한 자들 틈에서, / 빛나는 바보들 틈에서, // (47) 교활하고, 치졸하고, / 생각 없고, 버릇없는 유아들, / 악한들, 그리고 우스꽝스럽고 지루하고, / 둔하고 트집 잡는 심판관들 틈에서, / 신실한 요부들 틈에서, / 자발적인 노예들 틈에서, / 유행 좇는 일상의 광경들과 / 겸손하고 애정 어린 배신들 틈에서, / 잔인한 법석 통의 / 냉혹한 언도들 틈에서, / 계산과 내심과 대화들의 / 짜증 나는 공허 속에서, / 나 지금 다정한 벗 그대들과 함께 / 빠져 헤엄치는 이 혼돈의 늪 속에서.

211 "료프신": (푸슈킨 원주) 료프신, 농경 분야에 관한 글을 많이 쓴 작가.

214 "8": (푸슈킨 초고) 〔그러나〕 저녁 무렵 / 다른 처녀들을 떠나 홀로 이곳에 올 때면 / 그녀는 무거운 애수에 / 짓눌리는 듯했고, / 공포로 불안한 듯 / 눈물에 젖어, 고개 숙인 채, / 그리고 떨리는 두 손을 팔짱 낀 채 / 사랑스러운 유해 앞에 서 있곤 했다. / 하지만 검은 콧수염을 뽐내는 / 당당하고, 늘씬하고, 혈색 좋고, / 젊은 창기병이 / 넓은 두 어깨를 숙이고 / 자랑스레 박차 소리 울리며 / 성급한 발걸음으로 그녀를 낚아챘다.

"9": (푸슈킨 초고) 짜증으로 불타는 두 눈의 / 그 군인을 흘끗 본 그녀는 / 창백해져 한숨 쉬며 / 아무 말도 하지 못했다. / 그러더니 렌스키의 약혼녀는 / 홀로 남게 될 그곳을 떠나 / 그와 함께 가 버렸다. 그리고 이후로 / 다시는 나타나지 않았다. / 무덤 너머의 우리에겐 / 그토록 무심한 망각이 기다리는 것이다. / 원수와, 친구와, 연인의 목소리는 / 잦아들고, 오직 영지 상속자들의 / 질투 어린 합창만이 / 무례한 논쟁을 시작하리니.

231 "현재 우리의 도로는 불량해서": (푸슈킨 원주) 우리의 길 — 보기에는 정원이지./ 나무들, 파도치는 잔디, 도랑. / 한 일도 많고, 좋기도 한데, / 다만 때때로 마찻길이 없는 건 유감. / 보초 서는 나무들 덕에 / 마차로선 덕 볼 게 없다. / 길이 좋다, 라고 할 때 / 생각나는 건 '보행자한테는!' 이란 시 구절. / 러시아에서 통행이 자유로운 건 /

오직 두 경우뿐. / 맥아담 혹은 맥이브의 포장도로에 / 분노로 갈라지는 겨울이 / 가차 없는 공격을 가해 / 길이 얼음 주철로 뒤덮이고 / 그 흔적 위에 때 이른 눈이 / 푹신한 가루를 흩뿌려 놓을 때 / 아니면 타오르는 가뭄으로 / 들판이 정복되어, / 파리가 눈을 가늘게 뜬 채 / 웅덩이를 도보로 건너게 되는 때.(뱌젬스키, 「역」)

232 "이정표는 울타리처럼 지나가며": (푸슈킨 원주) 이 비유는 장난스러운 묘사로 너무나 유명한 K**에게서 따온 것이다. K**는 말하기를, 어느 날 포템킨 공으로부터 여황제에게 문서를 전달해야 했는데, 너무 빨리 달린 나머지, 마차에서 삐죽 나와 있던 그의 장검 끄트머리가 마치 울타리에 부딪치듯 이정표를 부딪치며 지나갔다고 한다.

234 "39": 이 연은 실제 쓰이지 않은 것으로 알려진다 — 역주.

235 "파세트": 프랑스 여자 이름 — 역주.

248 "………": (푸슈킨 초고. 나보코프 버전) 러시아 삶의 수호자인 / 우리의 여윈 드미트레프[sic]는 / 석판을 물려주며 우리에게 귀 기울이더니 / 수줍은 뮤즈를 쓰다듬었다. / 너, 깊은 영감에 잡혀 / 모든 아름다운 것들을 노래하는 / 너, 순결한 마음의 우상이여, / 강력한 애정을 품고 / 내게 손을 내밀며 / 청결한 영광으로 인도한 것은 그대가 아니었던가.

250 "사교계 모임": (푸슈킨 원주) Rout, 무도회 없는 저녁 모임으로, 말인즉슨 군중을 의미한다.

257 "du comme il faut": 예의에 맞는, 격식에 맞는 것 — 역주.

264 "……": (푸슈킨 초고. 토마솁스키 버전) 자기 자신만 맘에 들고 / 폴란드, 구름 낀 기후 / 아내의 침묵 / 숙성한 딸들의 허리, / …… / 그 모두에 화나 있는 브로딘 공도 왔다. / 무도회의 독재자인 프로스토프도 왔다.

276 "베네데타": 「베네치아의 뱃노래」에 나오는 여자 이름 — 역주.

『예브게니 오네긴』과 푸슈킨

김진영(연세대 노문과 교수)

1. 영원한 경계인 푸슈킨: 시인의 삶과 죽음

166.64센티미터의 키에 자칭 "원숭이와 호랑이가 뒤섞인 용모"를 지녔던 알렉산드르 세르게예비치 푸슈킨(Aleksandr Sergeevich Pushkin)은 1799년 5월 26일 모스크바에서 태어났다. '푸슈킨'이라는 이름(러시아어로는 '대포[pushka]'가 연상된다)은 '명예로운 남자', 즉 고귀한 귀족이란 의미의 프로이센인에서 출발했다고 하는데, 러시아 내에서만 6백 년 이상의 전통을 가진 세습 귀족 출신임을 그는 매우 자랑스러워했다.

그러나 그보다 더 그의 긍지를 부추긴 것은 아프리카 피가 흐르는 모계 혈통이었다. 작가 자신의 기록에 따르면, 에티오피아 태생의 외증조부 아브람 하니발은 지역 군주의 19번째 아들로서, 여덟 살 때 콘스탄티노플로 잡혀 온 후 러시아 사신을 만나 표트르 대제에게 선물로 넘겨진다. 자신의 아랍 시동이 마음에 들었던 표트르 대제는 그의 대부 겸 후견인이 돼 주었고, 덕분에 하니발은 러시아 상류 사회에 적응하면서 92세 나이로 죽을 당시 군대의 사령관 지위까지 오를 수 있었다.

러시아를 대표하는 국민 시인, 심지어 "러시아의 모든 것"으로 숭앙받는 푸슈킨의 이 같은 출신 배경은 모순적인 동시에 퍽 상징적이다. 어울릴 수 없는 것들의 어우러짐, 상반된 것들 사이의 갈등과 연합이라는 러시아적 특수성을 그의 태생이 있는 그대로 대변해 주기 때문이다.

푸슈킨의 정적들은 그를 "럼주 한 병"에 팔려 온 노예의 자손으로 폄하한 데 반해, 그는 그 팔려 온 아랍인이 청렴하고 성실하게 자라났으며, 노예가 아니라 왕의 친구였다고 주장했다. 그럼으로써 귀족인 양 거들먹거리면서도 실제로는 아첨만 일삼는 값싼 부류와 달리 자신의 가계에 흐르는 진정한 귀족성과 야성적 자유정신에 위엄을 부여했다.

춥고 어두운 이국 땅 러시아에서 아프리카의 밝고 따뜻한 하늘을 꿈꾸는 영원한 귀양인, "혈기 왕성하면서도 명상적이며 의심 많은 성격, 부풀어 오른 입술, 꺼칠꺼칠한 털"로 뒤덮인 "러시아의 검둥이", "표트르 대제의 아랍인"이면서도 한낱 왕의 종속물로 남기를 거부한 오만한 이방인 — 이것이 알렉산드르 푸슈킨의 자화상이자, 현실에 대한 반항과 꿈의 표상이었다. 실제로는 단 한 발자국도 러시아 밖으로 내디딜 수 없었던 코즈모폴리턴 푸슈킨의 근원적 향수와, 러시아의 지리적이며 제도적인 족쇄에 발 묶인 채 자유를 갈구하던 원심적 외침을 우리는 "나는 그저 한 명의 러시아 소시민"(「나의 족보」)이라고 거듭 강조했던 그의 반어법에서 엿듣지 않을 수 없다.

푸슈킨의 아버지는 아무런 지위나 경제적 수완이 없는 데다 지독한 구두쇠였던, 말하자면 몰락한 귀족이었으나, 프랑스 고전 문학으로 채워진 그의 서고만큼은 조숙한 아들의 문학적 재능을 키워 내기에 부족함이 없었다. 아버지의 책과, 집에 드나들던 문인들, 그리고 가정 교사 사이에서 자라난 어린 푸슈킨은 당대의 명문가 자제들과 함께 페테르부르그 근교 차르스코예 셀로의 황실 리세(lycée)에서 6년간 훌륭한 교육을 받았다. 구소련 시대에 '푸슈킨'으로 불렸던 그곳의 학교는 현재 박물관이 되어 푸슈킨의 자취(기숙사 방, 교실 책상, 성적표 등)를 보여 주고 있는데, 미술, 프랑스어, 러시아어를 제외한 일반 교과목에서의 성적은 그다지 좋은 것이 아니었다.

여덟 살 때 처음 프랑스어로 시를 쓰기 시작한 푸슈킨의 공식적인 문단 데뷔는 열다섯 살 되던 해인 1814년이었다. 이듬해 원로 시인 데르자빈이 참석한 자리에서 낭독된 시 「차르스코예 셀로의 회상」은 그를 러시아 문학의 기대주로 자리매김해 주었으며, 늙은 데르자빈이 어린 학생의 시재에 눈을 번쩍 떠 몸을 일으키는 그 장면은 화가 레핀의 유명한 그림으로 생생히 재현되어 전해진다.

이어 1820년에 발표된 첫 서사시 「루슬란과 류드밀라」 역시 선배 시인 주콥스키의 극찬을 받았고, 감동의 징표로 그가 자신의 초상화 복사본에 "패배한 스승으로부터 승리한 제자에게"라는 사인을 적어 건넸음은 잘 알려진 일화로 남아 있다.

리세를 졸업하고 외무성에 자리를 얻어 지낸 1817년부터 1820년까지 푸슈킨의 페테르부르그 생활은 『예브게니 오네긴』 제1장에서 묘사된 젊은 귀족 댄디의 그것과 하등 다를 바 없어 보인다. 최신 유행과 가벼운 삶의 향락을 좇아 술자리와 극장, 도박장, 무도회를 전전하면서, 게다가 진보적 자유사상의 편에 서서 그것을 시로써 겁 없이 외쳐 대던 그는 사교계의 총아인 동시에 정치적으로 위험한 인물이었다.

결국 주변의 관심을 모았던 체제 저항적 시들, 대표적으로 「자유에 바치는 송시」 같은 혁명 시 때문에 러시아 남쪽으로 유배당하는 것이 1820년. 형식적으로는 전근이었으나 실질적으로는 귀양이었고, 그때부터 1827년까지 푸슈킨은 페테르부르그에 돌아오지 못했다.

남쪽의 캅카스, 크림, 키시뇨프, 오데사를 거쳐 다시 영지 미하일롭스코예로 이어진 유배 생활은 그러나 시적 자의식의 성장이란 면에서 무척 중요한 결실을 안겨 주었다. 그 기간 동안 그는 서고와 사교계의 인공 자연을 떠나 다양한 인간 문화의 참 자연을 누리고 사고하게 되었으며, 서정시 외에도 바이런의 색채가 짙은 낭만적 서사시 세 편과 셰익스피어풍의 역사극 「보리스 고두노프」를 썼다. 역작 『예브게니 오네긴』을 시작하여 제6장까지 진행한 것도 그동안이다. 1826년 출판된 그의 첫 시선집은 두 달 만에 품절되는 인기를 얻기도 했다. 비록 푸슈킨 자신은 직접 동참하지 못했으나, 1825년의 12월 당 혁명이 확장시켜 놓은 시적, 정치적 세계관의 흔적 또한 뚜렷하다.

1826년 이후는 푸슈킨의 '성숙기'로 보는 것이 일반적이다. 유배 기간의 종결은 서구 문학(예컨대 바이런과 셰익스피어)이 그에게 미쳤던 영향력의 종료를 의미하는 것이기도 하다. 더 이상 그는 '러시아의 바이런'일 수가 없으며(물론 그 점이 비평가와 독자 대부분을 실망시켰지만), 사실 그전부터도 푸슈킨은 비판적 시각이 결여된 단순 모방자가 단연코 아니었다.

그런데 푸슈킨의 가장 큰 비극은 아마 그가 유배 생활의 전이든 후이든, 어디에서건, 결코 자유로울 수 없었다는 데 있을 것이다. 「캅카스의 포로」의 주인공이 그러하듯, 또 예브게니 오네긴이 그러하듯, 경계에 위치한 이방인 곧 유배자의 운명으로부터 그는 출생에서 죽음에 이르도록 벗어나 본 적이 없다.

페테르부르그에 돌아온 다음에도 황제의 검열 없이는 그 어떤 여행이나 출판, 발표가 불가능했고, 비평계의 감시와 비난을 피할 수 없었으며, 물질적으로는 언제나 빚더미 상태였다. 1830년, 사교계에 막 발을 내딛은(마치 『예브게니 오네긴』의 타티아나처럼) 미인 나탈리아 곤차로바를 만나 두 번의 청혼 끝에 결혼한 이후에는 상류층의 소문과 그로 인해 상처받은 자존심이 그를 짓눌렀다.

물리적으로 가장 부자유스러운 순간이 오히려 가장 자유로운 정신의 발현을 가능케 한다는 자명한 아이러니를 우리는 푸슈킨의 경우에서 거듭 확인하게 된다. 그의 남쪽 유배가 그러했고, 콜레라 확산 때문에 갇혀 지내며 더없는 창작력을 과시했던 볼디노에서의 가을이 그러했다. 실은 그의 삶 전체가 그 역설의 예증인지도 모른다.

"저 유쾌한 환영"(「캅카스의 포로」)이라고 일찍이 지목했던 자유를 좇아 푸슈킨의 삶과 문학은 진행되었다. 그것은 필경 낭만주의 시대에 유행하던 화두나 여느 인간 삶에건 수반되는 숙명적 궤도 이상의 것이었을 터이다. 민중 역사극에 대한 한 논고에서 그는 이렇게 말했었다.

작가에게는 무엇이 필요한가? 철학, 냉철함, 역사가가 갖는 공적인 사고, 통찰력, 생생한 상상력, 편견이나 사심의 배제. 그리고 자유.

이는 역사극 작가에 국한된 말이 아니다. 푸슈킨의 삶과 문학을 조망하여 결론을 내리자면, 그에게는 그중에서 오직 '자유'만이 유일한 결핍 조건이었던 것 같다. 그는 항상 현실 밖으로의 탈출을 꿈꾸었지만, 파리든 중국이든 시골이든, 어디로든 떨치고 도주하기를 소원했지만, 그러질 못했다. 그래서 언제나 "저 유쾌한 환영"을 향수하는 영원한 내적 이방인, 영원한 경계인일 수밖에 없었고, 오직 죽음으로써 그 영구 진행형의 갈증에 급작스러운 마침표를 찍을 수 있었을 뿐이다.

푸슈킨은 아내의 연애 소문과 관련하여 외교관의 아들이자, 연적이자, 자신의 동서가 되어 있던 프랑스인 당테스에게 결투를 신청했고, 결투에서 치명적 부상을 입은 지 이틀 만인 1837년 1월 29일 사망했다. 현재 푸슈킨 기념관이 되어 있는 페테르부르그 모이카 12번지 아파트의 서재 소파에서였다. 그가 죽어 가던 이틀간 시인의 최후를 걱정하는 인파가 집 앞에 모여드는 바람에, 주콥스키는 시시각각 푸슈킨의 상태를 적어 문밖에 고시해야만 했다. 지식인 댄디의 전형적인 사적 공간이라 할 그의 서재에는 총 3560여 권의 책이 소장되어 있었는데, 그 책들에 눈길을 멈추었던 시인의 마지막 한마디는 "안녕, 친구들!"이었다고 한다.

그의 때 이른 죽음과 그것을 둘러싼 상황은 러시아 민중의 집단적 피해 의식을 자극하기에 충분했다. 성난 군중의 폭동을 염려한 황제는 아무런 장례 절차 없이 그의 시신을 한밤중에 미하일롭스코예 영지가 있는 프스코프로 실어 나르게 했고, 그는 그곳 스뱌토고르스키 사원에 안장되었다.

참고로, 불과 16세의 악동 푸슈킨이 장난삼아 썼던 비문이 하나 있다.

여기 푸슈킨 묻혀 있도다. 젊은 뮤즈와,

사랑과 더불어 유쾌한 한 시대를 빈둥거린 자,

선한 일을 행하지는 않았어도, 영혼만은,

아무렴, 선한 자였노라.

—「나의 묘비명」

그가 과연 특별히 선한 영혼의 소유자였는지는 확신할 도리가 없다. 그리고 그의 묘비엔 지금 '알렉산드르 푸슈킨'이라는 이름 외에 아무 말도 남아 있지 않다.

2. 지나가 버리는 것들의 꿈: 『예브게니 오네긴』의 세계

『예브게니 오네긴』을 어떻게 설명할 수 있을까? 돌연히 말문을 열고 나선 돌연히 중단해 버리는 이야기, 아무것도 이루어지거나 손에 잡히지 않은 채 머뭇거림만 남아 있을 뿐인 이야기, '시로 쓴 소설'이란 부제만큼이나 자기모순과 자기 부정으로 가득 찬 이야기 ― 이『예브게니 오네긴』을 어떻게 설명할 수 있을까?

형식적인 면에서부터 시작하기로 한다. 푸슈킨이 햇수로 9년 (1823~1831)에 걸쳐 완성시킨 '시로 쓴 소설'은 그리 긴 작품이 아니다. 총 8장, 약 5천5백 행으로 이루어져 있고, 각 장이 짧게는 40연(2)에서 길게는 54연(1)으로 구성되었는데, 각 연의 형식이 일정하다. 이른바 '오네긴 스탠자(stanza)'라 불리는 14행 소네트로, 4음보 약강격(iambic tetrameter) 운율과 고정된 각운 패턴을 일관되게 고수한 형태가 그것이다. 세 차례의 삽입 텍스트를 제외하면, 거의 예외가 없다. 더 자세히 얘기하진 않겠으나, 5천여 행이 똑같은 형태로 쓰였다는 대목에 이르면, 작품의 두께에 대한 언급은 무색해진다.

러시아어에 대한 극상의 기교를 뽐낸다 할 수 있을 그 공간에서 푸슈킨은 19세기 초반 러시아의 생활상과 귀족 남녀의 낭만적인 (동시에 낭만적이지 않은) 사랑을 펼쳐 보인다. 물론 그것이 푸슈킨만의 독창적 양식은 아니다. 호메로스 이후 운문 서사는 확고한 전통을 지닌 장르로 자리 잡았으며, 특히 낭만적 서사시의 돌풍을 일으킨 바이런의 「베포」나 「돈 주안」이 작품의 1차적 모델이었음은 주지의 사실이다.

그렇다면 무엇이 『예브게니 오네긴』을 독창적이게 하는가? 이에 대한 대답을 우리는 다름 아닌 '시로 쓴 소설'이란 명제에서 찾을 수 있다. "난 지금 소설이 아니라 시로 된 소설을 쓰고 있다네. 굉장한 차이지"라고 푸슈킨은 친구 뱌젬스키에게 말한 바 있는데, 문제는 단순히 형식적 차별성에만 있지 않다. 중요한 것은 그가 자신이 무엇을 쓰고 있는지에 대해 뚜렷한 자의식을 견지하고 있었으며, 그것을 형식과 내용에 있어 유기적으로 보여 주었다는 점이다.

얼핏 상반된 대립 항으로 보이는, 그리고 사회적 규범에 의해 그렇게 간주되는 시와 소설의 관계는 작품의 주제, 그것을 뒷받침해 주는 문예 배경, 인물 성격, 서술 구조 등의 차원에서도 일관되게 관찰된다.

그들은 잘 맞았다. 파도와 바위,
시와 산문, 얼음과 불꽃도
그 둘만큼 딴판은 아니었으리.
처음엔 너무 달라
서로가 지겹더니,
얼마 안 가 서로가 좋아지고, (제2장 13연)

오네긴과 렌스키의 우정을 그리는 장면이다. 그들의 만남은, 최소한 겉으로는, 산문어와 시어의 교제요, 현실과 이상, 상식과 낭만의 교차와 다름없어 보인다. 그러면서도 그들은 서로의 모습에서 자신을 발견하며 어울린다. 이 대목에 좀 더 관심을 기울인다면, 그러나 의문이 이어질 수 있다. 과연 누가 파도이고 누가 바위이며, 누가 시이고 누가 산문인가? 과연 두 사람의, 그리고 그 은유들의 관계는 비등한가? 그들이 잘 맞게 된 것은 서로 딴판이어서가 아니라 혹 서로 비슷해서가 아닐까? 각각이 모두 동시에 파도이자 바위이며, 시이자 산문이며, 얼음이자 불꽃이기 때문은 아닐까?

실제로 푸슈킨은 시와 이상과 낭만의 결정체인 듯한 렌스키가 결코 진정한 시인이 될 수 없으며, 시적 소양은 오히려 산문적 정신의 소유자인 듯한 오네긴에게 잠재되어 있음을 드러내 보여 준다. 그럼으로써 자신이 앞서 서술한 사실의 의미에 대해 스스로 반격을 가한다. 푸슈킨은 이처럼 작품 곳곳을 통해 겉보기의 성급한 판단이나 비교, 그것을 양산해 내는 관습과 제도와 규범을 향해 날카로운 예지의 시선을 던지는데, 그것은 단순한 조롱이나 비난이 아닌, 객관화된 자의식과 이성의 반문이다. 그것을 그는 작품 속 인물들과 사회와 독자에게도 요구하는 것이다.

오네긴이 떠나간 후 그의 자취를 찾은 타티아나가 떠올리게 되는 일련의 궁금증 역시 같은 맥락에서 읽힐 수 있다. 자신이 이제껏 소설 속의 이상형으로 동경해 온 상대의 실체에 대해 그녀는 "좀 더 명료하게 — 다행스럽게도 — 이해하기 시작한다".

그는 과연 무엇인가? 모방인가,

하찮은 환영인가, 아니면 혹

해럴드의 외투 걸친 모스크바인,

타인의 괴벽에 대한 해석,

유행어로 가득 찬 사전?……

혹 패러디는 아닐는지?(제7장 24연)

이렇게 의혹과 생각의 흐름을 따라 타티아나는 뭔가를 깨닫게
되고, 이후의 그녀는 결코 예전의 그녀가 아니다. 그것이 성장의
과정이자 결과이다. 푸슈킨 시대의 비평가들은 타티아나가 소박
한 시골 처녀에서 화려한 살롱 여주인으로 너무 급격히 변신했기
에 보다 개연성 있는 설명이 필요하다고 비판하기도 했다. 그러나
성장은, 내적인 성장은 반드시 서서한 성숙의 과정을 거치지는 않
는다. 그것은 순간의 타격에 의해 이루어지기도 하며, 그렇다고
해서 또 그것이 완결의 증표일 이유도 없다.

성장한다기보다는 성장의 실마리가 풀린다고 하는 편이 옳을
것이다. 타티아나의 깨달음이 의혹의 연속이듯, 뒤따르는 푸슈킨
의 서술 또한 의문형으로 이어진다.

과연 의문은 풀렸는가?

과연 '그 단어'는 찾았는가?(제7장 25연)

타티아나에게나 푸슈킨에게나 해답은 없으며, '그 단어'는 끝
내 찾을 수 없다. 모든 것이 독자 개개인의 사고력이 허락하는 한

만큼 모색되고 이해될 뿐이다. 주인공 오네긴의 실체가 그렇고, 이야기의 요지나 결말이 그렇고, 이후의 이야기에 대한 상상이 그렇다. 작품의 성격과 주제에 있어서도 마찬가지이다.

가령, 『예브게니 오네긴』을 낭만주의적 작품이라고 할 때, 그 '낭만주의'를 한마디로 요약하기란 힘든 일이다. 푸슈킨은 자신의 작품을 낭만주의로 표방하지 않을뿐더러, 그 안에는 각종 사조의 요소들이 자리 잡고 있다. 그는 고전주의, 감상주의, 낭만주의 등의 상투성을 이용하고 풍자하지만, 정작 무엇이 주어진 사조의 정확한 성질인지는 제시하지 않는다. 그의 작품이 개성을 중시하는 시대의 가장 의식적으로 완성된 표본이기에 우리는 그것을 러시아 낭만주의의 대표작이라 이름 붙일 따름이다.

『예브게니 오네긴』은 한없이 열려 있는 작품이다. 따라서 성장과 진행의 생명력을 기리는 작품이다. 푸슈킨이 자신의 작품을 주인공의 독백으로 중간에 불쑥 시작하여 불쑥 중단해 버리는 것은 그런 의미에서 매우 적절한 처사이겠고, 또 바로 그런 의미에서 『예브게니 오네긴』은 연애 소설, 사회 소설, 혹은 '러시아 삶의 백과사전'이기 이전에 명확한 성장 소설일 것이다. 주인공은 대략 24세에서 30세(1819년 가을~1825년 봄 추정)까지 성장하게 되어 있으며, 푸슈킨 자신은 바이런풍의 낭만주의에서 고유의 낭만주의를 거쳐 사실주의로 진화하고, 타티아나만큼의 감수성과 호기심을 지닌 독자라면, 그 역시 가면이나 가장이 아닌 진정성의 삶에 대해 생각하기 시작한다.

답을 구하는 여정이 인생이겠고, 그것은 또한 깨달아 가는 인생의 은유라 할 작품 『예브게니 오네긴』의 읽기 과정이기도 하다. 만약 답이 있다면, '시로 쓴 소설'이란 한마디로써 정의된 모순된 것들의 역학과 혼종성, 그것의 인식과 수용에 있을 뿐이다.

반복하건대, '시로 쓴 소설'은 형식에 있어서만의 부제가 아니다. 제목 '예브게니 오네긴'도 주인공의 이름만은 아니다. 도스토옙스키는 여주인공 '타티아나'가 더 좋은 제목이었을 것이라고 말하지만, 푸슈킨의 관심은 누가 더 도덕적으로 우월한, 혹은 사랑스러운 인물인가에 있지 않았다. 그의 선택은 우리 모두가 의문을 품고 골몰해야 하는 인간과 사회와 인생의 수수께끼를 향한 것이었고, 그런 뜻에서 '예브게니 오네긴'과 '시로 쓴 소설'의 관계는 제목과 부제라기보다 차라리 동의어일 수밖에 없다.

이만하면 작품의 내용에 대해서도 얘기된 듯하나, 보다 일반적인 의미에서의 주제를 잠시 언급할 필요가 있겠다. 러시아 형식주의 이론을 빌려 거칠게 분류해 볼 때, 오네긴과 타티아나의 이루어지지 않는 사랑을 다룬 파불라(fabula, 실제 일어난 사건의 골자 스토리)는 퍽 단순하고 진부하다 할 수 있다. 그러나 그 파불라가 제시된 형태로서의 슈제트(siuzhet, 읽히는 순서 그대로의 플롯)는 매우 복잡하고 고유한 것이다.

이른바 소설 서사에 있어서의 '삼천포로 빠지기'인 여담(digression)이 『예브게니 오네긴』의 슈제트를 형성하는데, 그 안에는 사회, 문학, 역사, 철학 등에 관한 온갖 논평과 작가의 사적 경험담이 들어 있고, 그것을 서술하는 화자의 목소리 또한 여러 겹과 방식으로 중첩되어 있다. 그것들을 사족으로 간주하여 가지

치기한다면 남는 것은 빈약한 사랑 이야기밖에 없는데, 그렇다면 그것은 더 이상 『예브게니 오네긴』이 아니다. 그런 면에서 로런스 스턴의 『트리스트람 샌디』와 비교되기도 하지만, 기억할 것이 『예브게니 오네긴』은 소설이 아니라 '시로 쓴 소설'이라는 점, 그래서 스턴 식의 여담이 다시 한 번 장르적 기능에 의해 굴곡된다는 점이다. 이 복잡한 형상의 『예브게니 오네긴』을 아무튼 형식주의자 티냐노프는 "소설에 대한 소설"이라 진단 내린 바 있다.

그러나 여기서 덧붙이고자 하는 것은 그런 아카데믹한 설명을 떠나, 보다 순진한 것이다. 『예브게니 오네긴』은 정말 무엇을 노래하는가? 이 또한 하나의 답은 없겠고, 독자마다 다를 수 있겠는데, 가령 작품을 몇 번째 읽던 나에게 어느 순간 떠오른 한마디는 '지나가 버리는 것!'이었다. 순수 독자로서의 내게는 가장 중요한 그 주제와 함께 번역도 진행되었다.

실제로 『예브게니 오네긴』은 많은 사라진, 사라지는 것들을 회상하고, 불러내고, 애도한다. 사라진 극장 미녀들, 사라진 젊은 날의 행복, 사라진 그녀, 사라진 사랑, 사라진 유행과 취향과 꿈, 그리고 사라진 과거의 슬픔……. "행복은 그토록 가능한 것이었는데, / 그토록 가까이 있었는데!……"(제8장 47연)라고 애달파 하는 타티아나의 고백처럼, 푸슈킨의 작품은 모든 지나가 버린 것, 자기 것이 되기도 전에 사라져 버린 것, 가질 수 없는 것들의 역설적인 꿈을 슬퍼하고 주장한다.

그래서 『예브게니 오네긴』은 한 편의 긴 애가이다. 그러나 그것은 작품 속의 렌스키가 쓰다 마는 클리셰와는 전혀 다른 애가이다.

꿈이여, 꿈이여! 네 달콤함은 어디 있는가?

그 영원한 메아리인 '젊음'은 어디 있는가?

정녕 정말로 그 화관은

끝내 시들어 버렸는가?

(이제까진 농담으로 그리 말해 왔다만)

정녕 정말로 진실로,

엘레지의 흉내도 내지 못한 채

내 생의 봄날은 날아가 버렸는가?

다시는 돌아올 수 없게 된 건가?

정녕 내가 곧 서른이란 말이던가? (제6장 44연)

"엘레지의 흉내도 내지 못한 채" 날아가 버린 젊음을 노래하면서 시인은 실제성의 확인("정녕 정말로 진실로")을 세 번씩이나 한다. 그의 상실은 더 이상 농담이 아니며, 문학적 상투어도 아니고, 막연한 예감의 무게도 아니다. 이는 오직 자연의 시간을 앞질러 다 겪고 만 자의 느낌, 그래서 체감의 망연자실 속에 남게 된 자만의 느낌이기에, 렌스키가 쓰는 학습된 상상의 엘레지와는 다를 수밖에 없다.

"정녕 내가 곧 서른이란 말이던가?"란 구절에서 오늘의 독자라면 미소를 지을 수도 있겠으나(하긴 푸슈킨은 37세에 죽었다), 만약 70에 이른 시인이 같은 구절을 썼다면, 그의 애도는 너무도 현실적이어서 오히려 구차했을 것이다. 진정한 애도는 아직 꿈의 여지가 남아 있을 때 가능하다. 선택이지, 완전한 체념은 아니어야 한다. "행복은 그토록 가능한 것이었는데, / 그토록 가까이 있었는데!⋯⋯"라는 타티아나의 탄식 다음에 등장하는 말이 다름 아닌 "그러나 / 하지만"이란 접속사임을 기억해야만 한다. 잃어야 함에도 불구하고 그녀는 현실을 선택하며, 그 현실의 굴레 속에서 지나가 버리는 것들은 다시 새롭게 돌아올 꿈으로 남는다.

푸슈킨의 저 유명한 '작은 발' 찬미 대목이 떠오른다. "러시아를 통틀어 / 단 세 쌍도 찾아보기 힘"든 '작은 발' 송가는 무려 5연에 걸쳐 이어지는데, 그 신체 부위가 사랑하는 여인의 환유라 하기에는 기이한 것인지라, 우리는 이 지점에 이르러 푸슈킨의 자연주의와 함께 비밀스러운 변태 성향을 농담 삼아 지적하기도 한다.

> 오, 작은 발, 그 작은 발! 지금은 어디 있나?
> 어디서 봄꽃을 즈려 밟고 다니는가?
>
> (⋯⋯)
>
> 초원 위에 남겨진 네 가벼운 흔적처럼
> 젊은 날의 행복 또한 사라졌도다.
>
> (⋯⋯)
>
> 이따금 은밀한 꿈속에서
> 행복한 등자를 붙잡은 채⋯⋯
> 두 손안에 작은 발을 느끼노라면,
> 상상력은 또다시 타오르고,
> 그 스침은 또다시
> 메마른 가슴의 피를 끓게 한다.

밀려오는 그리움, 밀려오는 그 사랑!……(제1장 31~34연)

여기서 '작은 발'은 환유라기보다는 오히려 은유일 것이다. 그
것도 사랑이나 행복이나 기억이 아니라, 바로 내 손에 닿는 순간
떠나보내야 하는 것, 그 아쉬움의 은유일 것이다. 물리적 유동성
의 수단이자 상징인 발. 온전한 것의 가장 끝자락, 살짝 엿보이고
사라져 버리는 결별의 순간이 애도의 대상이자 목적이기에, 푸슈
킨은 다른 어떤 아름답고 시적인 부위보다도 여인의 발을 사랑하
며 그리워한다.

그런데 그 발은 파도처럼 끊임없이 밀려오는 상상과 사랑의 매
개체이기도 하다. "미친 듯 연이어 달려가서 / 사랑 바쳐 그 발 앞
에 누워 버리는/ 파도"(제1장 33연)를 시인이 부러워하는 이유는
거기에 있다. 손에 닿았던 것은 사라지지만, 그것은 또다시 밀물의
파도에 의해 내 손안에 들어온다. 썰물과 밀물의 무한한 이어짐,
상실과 소유, 애도와 꿈이 교차하는 영원한 연속성 ─ 이는 곧 생
명의 힘이요 자연의 법칙이다. 그렇기 때문에 푸슈킨의『예브게니
오네긴』은 과연 위대한 위안의 문학이 아닐 수 없다.

3. 번역에 대하여

번역은 역시 얻는 것보다 잃는 것이 많다. 도저히 다른 대안이
있을 수 없는 문형, 시어, 문체와 확정된 틀로 이루어진『예브게니

오네긴』은 특히 그렇다. 그럼에도 불구하고 번역하고 싶었던 이유는 완벽하게 여겨지는 어떤 것과의 동락(同樂)과 그 안에서 보장받는 독락(獨樂)의 욕구 때문이었다. 하나의 말, 구절, 더 크게는 작품과 일체가 되고 싶은 나머지, 번역하지 않고는 도저히 견딜 수 없을 때가 있는 것이다.

1990년대 초부터 번역에 손을 댔으나, 제1장에서 끝나고 말았다. 15년도 훨씬 넘은 이제야 어찌어찌 끝을 냈는데, 그것은 반드시 필요한 시간이었다. 작품의 인물과 작가, 독자가 모두 성장하는 것처럼 번역자도 성장해야 하는 것이고, 분명 나와 나의 작업은 그동안 성장을 거쳤다. 처음 시작했을 때에는 작품의 형식을 전달하겠다는 야심에서 시조와 판소리 식의 내재 운율을 고집하기도 했다. 그 시도에는 분명 미덕이 있었지만, 비현실적이라 오랜 세월이 지난 후 폐기해 버렸고, 대신 원작에서 느껴지는 명쾌함과 경쾌함을 강조하기로 했다. 아마도 다른 우리말 번역과 비교해 읽는 독자라면, 내 번역의 간결성만큼은 인정하리라 자신한다.

각운이나 운율 같은 상세한 형식을 포기하는 대신, 최소한의 틀은 원작대로 준수했다. 이 점에 있어서는 내가 참조한 다른 우리말 번역본과 거의 차이가 없을 것이다. 다만 스타일과 단어 선별에는 확연한 차이가 있겠고, 또한 안트와 나보코프의 영어 번역과 대조하며 기존의 오류를 고친 면도 있다. 오역의 정정이나 개선은 뒤에 나온 번역의 특권이 아닐 수 없겠는데, 아무튼 선행된 우리말 번역본에 빚졌음을 밝혀 두고자 한다.

그 외에도 번역 작업에 가장 큰 도움을 받은 문헌은 유리 로트만의 주해와 근래에 간행된 『오네긴 백과사전』이다. 그들의 도움이 없었더라면 19세기 러시아 문화를 이해할 수 없었을 것이고, 현재 상태의 번역 역시 불가능했을 것이다. 오직 텍스트와 작가에 대한 충실함만으로 오랜 세월의 고독한 작업을 기꺼이 감수해 온 연구진에 박수를 보낸다.

아울러 나보코프의 선병질적 주해서와 구소련에서 나온 17권짜리 전집 덕분에 푸슈킨이 최종적으로 삭제해 버린 부분들의 번역을 작가의 원주와 함께 주석으로 처리할 수 있었다. 보통은 삭제 부분을 생략하지만, 나는 의도적으로 포함시켰다. 삭제된 부분의 읽는 재미가 상당하고, 또 대부분의 독자들은 말줄임표로 이어진 행들과 연들의 행방에 대해 궁금해할 것이라 여겼기 때문이다.

사실 『예브게니 오네긴』은 8장이 전부가 아니다. 애초에 현재의 제7장과 제8장 사이에는 '오네긴의 여행'(결투 이후 그는 러시아 동남부로 여행을 떠나며, 3년 후 페테르부르그에 돌아와 타티아나를 만나게 된다)을 그린 별도의 장이 있었지만 중도에 탈락했고, 또 현재의 제8장 다음에는 홀로 남게 된 오네긴의 혁명가적 행로가 쓰였으나 정치적 민감성을 의식한 작가에 의해 소각되었다. 그러니 원래의 의도대로였다면 『예브게니 오네긴』은 총 10장이 되었을 것이다. 최종본으로 포함되지 않은 초고들과 불태워진 원고 일부가 남아 있어 연구자들의 끝없는 일거리를 마련해 주기는 한다. 그들을 번역에 포함시킬 수도 있었겠는데, 작가 생전에 확정된 판본을 결정판으로 존중하는 의미에서, 또 초고 상태의 미완성 부분들이 일반 독자에게는 큰 흥미를 일으키지 못할 것이란 짐작에서 제외시켰다.

『예브게니 오네긴』이 언급하는 작가만도 80여 명에 이르며, 그외 등장하는 책과 인물, 고유 명사 등은 수도 없이 많다. 19세기 전반의 문화 엘리트 계층을 겨냥했던 것들이 오늘의 우리에겐 당연히 생소할 수밖에 없다. 그래서 가능한 경우에는 영 익숙지 못한 개념이나 단어를 우리 식으로 바꾸기도 했고, 나머지는 모두 찾아보기 섹션에 간략한 설명을 달아 놓았다. 읽으면서 낯선 고유명사는 책 뒤에서 가나다 순서로 찾아보면 된다.

『예브게니 오네긴』을 잘 읽으려면 상세한 해설이 따라야만 한다. 사회 문화적 배경 없이는 이해되지 않는 부분들이 많기 때문인데, 그것은 우리뿐 아니라 러시아 독자들에게도 마찬가지이고, 그래서 예브게니 오네긴 사전이 거듭 출간되는 것이다. 그러나 상세 항목의 주석 달기는 출판사의 방침에 어긋나는 데다가, 또 빽빽한 주석이 독서에 방해가 된다는 사실에 대해서도 익히 알고 있는 터라 생략했다. 간혹 이해가 안 가더라도 일단 막힘없이 죽 읽어 나가는 편이 좋다. 굳이 궁금하다면 인터넷 정보 창을 위시해 푸슈킨이나 러시아 문화 관련 서적을 참조하면 된다. 그런 식으로 『예브게니 오네긴』에서 출발된 러시아 마니아가 단 한 명이라도 나온다면 행운이다.

번역하는 동안 학생들과 초벌 원고를 함께 읽고 감상할 수 있는 기회를 가졌다. 학부의 낭만주의 수업으로, 기존의 강좌 내용과 달리 『예브게니 오네긴』을 기점 삼아 낭만주의의 다양한 양상을 다루고자 했던 것이다. 학생들이 각 챕터마다 감상과 의문점을 적어 내면, 그것을 중심으로 설명하고 토론하는 방식이었는데, 수업에서 다루지 않은 부분은 개별적으로 코멘트를 달아 돌려주었다. 중요한 부분은 직접 번역해 보기도 했다.

학생들로서는 우선 한 작품을 깊이 읽는다는 것이 좋았고, 자신의 생각이나 의혹이 공유된다는 점도 뿌듯했던 것 같다. 그들은 작품의 세계와 자신을 동일시하며 혹은 댄디남 오네긴에 열광하고, 혹은 타티아나의 사랑에 동감하고, 혹은 시선을 비껴 달과 계절의 변화에 주목하기도 했다. 학기 말 과제는『예브게니 오네긴』의 속편 쓰기였는데, 갑자기 중단된 이야기를 그냥 상상으로 이어 나가는 것이 아니라, 작품을 충분히 소화한 결과 그렇게 될 수밖에 없다는 근거를 갖추어 쓰고 설명하는 일종의 에필로그 형태였다.

결과는 놀라웠다. 그렇다. 자신이 원할 때, 학생들은 스스로 읽고 성장한다. 다양한 플롯의 상상력은 물론이고, 대부분이 오네긴 스탠자와 문체를 택하고 있음으로 보아 아마도 푸슈킨의 스타일(내 번역의 스타일?)과 그의 낭만적 아이러니가 인상적으로 각인되었던 듯하다. 그러나 수업의 가장 큰 수혜자는 역시 나 자신이다. 학생들의 의문과 생각을 통해 작품을 더 잘 읽게 되었으며, 번역도 상당 부분 다듬어졌다.

『예브게니 오네긴』이 애도의 문학이자 위안의 문학임은 내게 너무도 절실히 다가온 사실이다. 이 번역은 손에 닿는 순간 사라져 버리는 것 앞에서의 지극한 무력감과 슬픔 속에 실제로 진행되고 완성되었다. 마지막 연에 이르러 마치 운명의 나침반인 양 옮겨진 활자를 응시할 수밖에 없었던 숙연함의 기운이 아직도 생생

하다. 나의 지나가 버린 꿈, 지금은 내 곁을 떠난 그를 향해 이제
비로소 살아남은 자의 말과 목소리로 그 대목을 읊어 본다.

가득 찬 술잔을 비우지도 못한 채
인생의 축제를 일찌감치 떠나간 자,
내가 지금 오네긴과 헤어지듯,
인생의 소설을 다 읽기도 전에
돌연히 작별을 고할 수 있었던 자,
행복하여라.

참고 문헌

김진영, 『푸슈킨: 러시아 낭만주의를 읽는 열 가지 방법』, 서울, 2008.

석영중 옮김. 『예브게니 오네긴』, 서울, 1999.

이철 옮김. 『예브게니 오네긴』, 서울, 1993.

최선 옮김. 『예브게니 오네긴』, 서울, 2006.

허승철, 이병훈 옮김. 『예브게니 오네긴』, 서울, 1999.

Arndt, Walter, tr. *Eugene Onegin*. NY., 1963.

Dostoevskii, Fedor M., "Pushkin," Hoisington, Sona S. tr. *Russian Views of Pushkin's Eugene Onegin*. Bloomington, 1988, pp. 56~70.

Lotman, Iurii M., "Roman A. S. Pushkina *Evgenii Onegin*: kommentarii," *Pushkin*. SPb., 1994, s. 542~762.

Nabokov, Vladimir V., tr. *Eugene Onegin*. 2 vols. Princeton, 1975.

Oneginskaia entsiklopediia. M., 1999.

Pushkin, Aleksandr S., *Polnoe sobranie sochinenii v 17-i tomakh*. M.~L., 1937~1959.

_____, *Polnoe sobranie sochinenii v 10-i tomakh*. L., 1974~1979.

Stern, Laurence, *The Life and Opinion of Tristram Shandy, Gentleman*.

Surat, I. & Bocharov, S., *Pushkin: kratkii ocherk zhizni i tvorchestva*. M., 2002.

Tynianov, Iurii N., "On the Composition of Eugene Onegin," Hoisington, *Russian Views of Pushkin's Eugene Onegin*. pp. 71~90.

판본 소개

『예브게니 오네긴』은 1824년부터 잡지를 통해 부분적으로 발표되었다. 개개의 챕터와 일부 대목을 따로따로 발표하다가, 그것을 한데 모아 헌시와 제사와 주석을 갖춰 완간한 것이 1833년이다. 푸슈킨 생전에 완간이 두 번 이루어졌는데, 두 번째 판본인 1837년 판에서는 일부 텍스트의 위치와 내용이 바뀌었고, 또 '오네긴의 여행' 부분이 삭제되었다. 1837년 판본 형태의 텍스트가 오늘날 우리가 읽는 결정본이 되며, 본 번역의 바탕 텍스트이기도 하다.

이후의 출간은 물론 셀 수가 없고, 푸슈킨의 전 작품을 수록한 전집도 다수이나, 아직까지 가장 권위 있는 결정본으로는 B. 토마셉스키가 책임 편집한 소련 학술원 간행의 17권짜리 전집 (*Polnoe sobranie sochinenii v 17-i tomakh*. M.~L., 1937~1959)을 인정한다. 그 안에는 작품의 최종 텍스트, 초고본 (정정 이전의 rough copy와 정정 이후의 fair copy), 변형본이 모두 수록되어 있다. 다른 학술원 판 전집에는 대부분 최종본과 변형본 일부, 그리고 편집자의 주석이 덧붙어 있기 마련이다.

본 번역의 저본으로는 학술원 간행본 중 하나인 10권 전집(*Polnoe sobranie sochinenii v 10-i tomakh*, L., 1974~1979), 제5권을 사용하였다. 푸슈킨이 생략한 부분의 번역을 위해서는 유리 로트만의 주해와 17권 전집에 수록된 초고본을 선택적으로 이용했다(변형본이 있기 때문에서다).

해설에서도 밝혔지만, 월터 안트와 블라디미르 나보코프의 영어 번역, 그리고 기존의 우리말 번역도 작업에 참조되었음을 덧붙인다.

1799	5월 26일 모스크바에서 출생.
1811	페테르부르그 근교 차르스코예 셀로에 위치한 왕립 학교 (리세) 입학.
1814	『유럽 통보』에 풍자시 「시인 친구에게」 발표.
1817	리세 졸업. 페테르부르그의 외무성 관리로 임명됨. 다양한 문학 활동 시작.
1820	서사시 「루슬란과 류드밀라」를 발표하여 격찬 받음.
1820	남쪽에서의 전근 형식을 띤 유배 생활. 캅카스, 크림, 키시뇨프, 오데사 체류(~1824). 서사시 「캅카스의 포로」, 「가브릴리아다」, 「바흐치사라이의 분수」를 씀.
1823	키시뇨프에서 『예브게니 오네긴』 시작.
1824	어머니의 영지 미하일롭스코예 체류(~1826). 「집시」, 「보리스 고두노프」, 「눌린 백작」 집필.
1826	첫 시선집 발간. 니콜라이 1세의 사면으로 모스크바 귀

환. 이후 모스크바와 페테르부르그에서 생활.

1828 서사시「폴타바」집필.

1829 러시아 원정대를 따라 두 번째 캅카스 여행.「1829년 원정 시의 아르주름 여행」집필.

1830 나탈리아 곤차로바와 약혼. 콜레라로 인해 볼디노에 발이 묶인 채, 산문「고 이반 페트로비치 벨킨의 이야기」, 희곡「작은 비극들」, 서사시「콜롬나의 작은 집」집필.

1831 2월 18일 나탈리아 곤차로바와 결혼. 페테르부르그로 이주. 동화「왕 살탄의 이야기」.『예브게니 오네긴』완성.

1833 푸가초프의 난에 대한 연구. 볼디노에서 서사시「청동 마상」,「안젤로」, 단편「스페이드의 여왕」집필. 궁중 시관에 임명됨.

1834 「푸가초프의 역사」발표.

1836 푸가초프 난을 배경으로 한 역사 소설『대위의 딸』발표.

1837 1월 27일 당테스와의 결투로 중상을 입음. 1월 29일 사망. 2월 6일 프스코프의 스뱌토고르스키 사원에 안장됨.

찾아보기

긴밀한 관계를 맺었던 독일의 평론가. 파리의 문화 소식을 다룬 『문예 서간』(1812~1844)이 유명하다. **26, 288**

그보즈딘Gvozdin. 폰비진의 희곡 「준장」에 나오는 주인공 그보즈딜로프 준장을 변형시킨 이름. '욕설을 퍼붓다(gvozdit)' 라는 어원이 담겨 있다. **165, 178**

기번 Edward Gibbon (1737~1794). 영국의 역사가, 계몽주의자. 『로마 제국 쇠망사』를 썼다. **274**

네레이스 Nereis. 그리스 신화에 나오는 바다의 요정. **250**

네케르Jacques Necker (1732~1804). 스위스 출신의 재정가, 작가, 외교관. 루이 16세 아래에서 프랑스 재무 총감을 역임하기도 했다. 마담 드 스탈의 아버지. **115**

넬슨Horatio Nelson (1758~1805). 나폴레옹에 맞서 영국 해군을 승리로 이끈 제독. 트라팔가르 대전에서 전사했다. **296**

다프네Daphne. 그리스 신화에 나오는 나무의 요정. 아폴론의 구애를 피해 달아나다가 월계수로 변했다. **292**

데르자빈Gavrila R. Derzhavin (1743~1816). 러시아의 18세기 문학을 주도한 시인. 푸슈킨은 1815년, 리세의 공개 시험장에 온 데르자빈 앞에서 장시 「차르스코예 셀로의 회상」을 낭송해 격찬을 받았다. **248, 301**

델비그Anton A. Del'vig (1798~1831). 푸슈킨과 함께 리세에서 공부했던 절친한 시인, 잡지 발행인. **189**

델핀Delphine. 마담 드 스탈의 서간 소설 『델핀』(1802)에 나오는 여주인공. **87, 337**

드 리나르de Linard. 프랑스 여성 소설가 바르바라 J. 크뤼드너의 『발레리

어 널리 읽혔으며, 푸슈킨도 그 소설을 읽고 높이 평가했다. **274**

말렉 아델 Malek-Adel. 프랑스의 여성 작가 코탱의 『마틸다 혹은 십자군 전쟁사의 회상』(1805)에 나오는 고결한 남자 주인공. **87, 291**

말비나Malvine. 프랑스 여성 작가 코탱(1770~1807)의 여섯 권짜리 소설. 여주인공 말비나의 짧은 사랑과 때 이른 죽음을 다루고 있다. **163**

말필라트르Jacques-Charles-Louis de Malfilâtre (1733~1767). 프랑스 시인. 불우한 삶과 요절로 인해 프랑스 문학사에서는 '고통받는 천재'의 표상으로 여겨진다. **81**

메넬라오스Menelaos. 스파르타의 왕. 아내 헬레네가 트로이의 파리스에게 납치당하자, 그리스의 다른 왕들과 함께 10년간의 전쟁을 시작하고, 이로써 트로이는 결국 멸망한다. **295, 344**

멜모스Melmoth. 영국 작가 찰스 매튜린(Maturin)의 고딕 소설 『방랑자 멜모스』(1820)에 나오는 주인공. 악마에게 영혼을 팔아 불멸을 약속받은 인물로, 절망에 빠진 사람들을 악마의 세계로 유혹한다. **89, 252, 291**

멜포메네Melpomene. 비극의 뮤즈. **241**

모에Moët. 1743년에 탄생한 프랑스의 고급 샴페인 브랜드. 1832년 이후 현재까지 'Moët et Chandon'이란 이름으로 제조되고 있다. **140**

모이나Moina. 오제로프의 극 「핀갈」(1805)에 나오는 여주인공 이름. 핀갈과 사랑에 빠진 모이나의 독백이 푸슈킨 시대의 청중과 독자들에 의해 즐겨 읊어졌다. **21**

무라비요프Mikhail N. Murav'ev (1757~1807). 감상주의 경향의 시인, 산문 작가. 12월 당원 무라비요프 형제의 아버지이다. **290**

바라틴스키Evgenii A. Baratynskii (1800~1844). 철학적 시인으로 잘 알

려져 있으며, 애가를 많이 썼다. 1830년대 이전까지 푸슈킨과 일상적, 문학적 교류가 잦았다. **131, 209, 291, 294**

바이런George G. N. Byron (1788~1824). 자신의 작품은 물론 삶을 통해 유럽 낭만주의 문학과 시대정신의 모델이 된 영국 시인. 그의 서사시 「차일드 해럴드의 순례」, 「베포」, 「돈 주안」은 『예브게니 오네긴』의 작품 세계에 막강한 영향을 미쳤다. **46, 89, 162, 221, 247, 291, 302, 303, 306, 310, 327**

뱀파이어vampire. 푸슈킨 시대에 인기를 끈 낭만적 인물형. 폴리도리 (Polidori)가 써서 바이런의 이름으로 발표한 소설 『뱀파이어』(1819)가 당시에 유명했다. **89, 291**

뱌젬스키Petr A. Viazemskii (1792~1878). 푸슈킨의 절친한 친구이자 동료 시인. 푸슈킨은 『예브게니 오네긴』에서 수차례 그를 직·간접적으로 등장시킨다. **11, 241, 293, 298, 307**

베르길리우스Vergilius. 고대 로마 시인. 서사시 『아이네이스』의 작가. **162, 337, 344**

베르테르Werther. 괴테의 『젊은 베르테르의 슬픔』(1774)에 나오는 남자 주인공. 로테와의 이루어질 수 없는 사랑으로 끝내 권총 자살하는 그의 인물형은 낭만주의 시대를 사는 러시아 귀족 계급에 삶의 모델처럼 여겨졌다. **87, 327**

벤담Jeremy Bentham(1748~1832). 공리주의를 설파한 영국 철학가, 사회학자. 그의 사상은 19세기 초반의 진보적 러시아인들 사이에서 널리 인정받았다. **36**

벨Pierre Bayle (1647~1706). 프랑스 출신의 작가, 종교 사상가. 개신교를

이름이라는 설도 있다. **22**

샹포르Sébastien R. Chamfort (1740~1794). 날카로운 이성과 재치로 프랑스 상류 사회와 러시아에서 인기를 끌었던 작가. 사후에 발간된 『잠언과 생각. 인물과 일화들』(1795)을 제8장의 오네긴은 읽었을 것으로 추정된다. **274**

세Jean-Baptiste Say (1767~1832). 프랑스의 경제 사회학자. 자유주의 정치 경제 이론으로 1820년대 러시아의 진보적 지식인층에서 추앙받았다. **36**

세네카Lucius Annaeus Seneca (c. 4 B.C. ~ A.D. 65). 고대 로마의 정치가, 후기 스토아 철학의 문필가. 인간의 도덕성과 윤리를 강조했다. 반역 혐의를 받고 자결했다. **162**

세묘노바Ekaterina S. Semenova (1780~1849). 1800~1820년대까지 명성을 떨쳤던 페테르부르그 황실 극장 여배우. 오제로프의 비극에서 맡았던 안티고네 역으로 유명했다. **21**

스미스Adam Smith (1723~1790). 영국의 경제 사상가. 그의 시장주의 정치 경제론(대표적으로 『국부론』)은 19세기 초의 자유사상에 큰 영향을 미쳤다. **15**

스베틀라나Svetlana. 독일 발라드 「레오노레」의 번안인 주콥스키의 「스베틀라나」에 나오는 여주인공. 2인용 상차림의 식탁 위에 촛불과 거울을 세워 놓고 신랑감의 모습이 비치길 기다리는 점을 치는데, 한밤중에 그녀 앞에 나타난 것은 죽은 신랑이었다. **84, 147, 153, 294, 330**

스보가르Sbogar. 샤를 노디에의 소설 『장 스보가르』(1818)에 나오는 도적떼의 대장. **89, 291**

은 자신의 운명과 오비디우스의 운명을 곧잘 비교했는데, 남쪽 유배 시절에는 「오비디우스에게」라는 장시를 남기기도 했다. **16**

표하는 시인, 번역가. 푸슈킨의 선배이자 친구로서, 그의 마지막 순간을 지켜보았다. **147, 294, 301, 305, 336**

쥘리 볼마르 Julie Volmar. 루소의 소설 『쥘리, 또는 신엘로이즈』에 나오는 여주인공으로, 가난한 가정 교사인 생 프뢰와 사랑에 빠지지만 이루어지지 못하고, 결혼한 후에는 끝까지 남편에게 충실한다. **87, 291**

지지Zizi. 에브프락시아 N. 불프(Vul'f)의 애칭으로, 미하일롭스코예 영지에서 푸슈킨과 절친하게 지낸 오시포바(Osipova) 부인의 딸. **169**

차일드 해럴드 Childe Harold. 바이런의 서사시 「차일드 해럴드의 순례」(1818~1820)에 등장하는 주인공. 출구 없는 우울과 권태에 사로잡힌 인물로, 낭만주의 시대의 상징적 인물형이다. **35, 140, 288, 332**

차츠키Chatskii. 그리보예도프의 「지혜의 슬픔」에 나오는 주인공으로, 외국을 여행한 그가 모스크바에 돌아오는 장면에서 작품이 시작된다. **256**

카베린Petr P. Kaverin (1794~1855). 1816~1820년의 기간 동안 푸슈킨과 가깝게 지냈던 인물. 괴팅겐 대학에서 수학했고, 1812년 전쟁에 참전했다. **20**

카테닌Pavel A. Katenin (1792~1853). 의고주의 계열(arkhaisty)의 작가, 번역가, 평론가. 푸슈킨은 자신의 문학적 성장에 끼친 그의 영향을 인정했고, 그의 민중극을 높이 평가했다. **21**

코르네유Pierre Corneille (1606~1684). 프랑스의 고전주의 시인, 극작가. 스페인 희곡을 바탕으로 한 「르 시드」(1637)는 프랑스 고전주의 비극의 전범이 되었고, 라신과 함께 러시아 극 문학의 발달에 큰 영향을 주었다. **22**

코티용cotillon. 남녀가 한 쌍을 이루어 추는 사교춤으로, 무도회의 마지막

을 장식하곤 했다. **176, 177**

쿠투조프Mikhail I. Kutuzov (1745~1813). 나폴레옹에 맞서 1812년 전쟁
을 러시아의 승리로 이끈 장군. **296**

크냐쥐닌Iakov B. Kniazhnin, (1742~1791). 프랑스 작가들을 모방했던
18세기 고전주의 극작가. **21**

크바스kvas. 곡류를 발효시켜 만든 청량음료. 표트르 대제 이전부터 러시
아인들이 즐겨 마셨다. **75**

클라리사Clarissa. 리처드슨의 소설 『클라리사 혹은 어린 처녀의 이야기』
(1748)에 나오는 여주인공. 믿고 의지했던 러블레이스 백작에게 이용당
한 후, 파멸에 이른다. **87, 329**

키케로Cicero. 로마의 문필가, 웅변가. 그의 글은 고전 라틴 산문의 전범으
로 자리 잡았고, 푸슈킨 시대의 수사학에 있어서도 교본이 되었다. **247**

키프로스Cyprus 신전. 키프로스 섬에 위치한, 아프로디테 여신을 섬기는
신전. **129, 295**

타브리다Tavrida. 크림 반도를 지칭하는 러시아 명칭. **249**

타소Torquato Tasso (1544~1595). 르네상스 시대의 이탈리아 시인. 영웅
서사시 「해방된 예루살렘」(1580)이 8행시(옥타브)로 쓰였다. 그의 불우
한 삶은 낭만주의 시대 시인들에 의해 작품으로 기려졌다. **41, 337**

타인의 견해 Chuzhoi tolk. I. I. 드미트리예프의 풍자시로, 그 안에서 송시
작가는 '교활한 시인'으로 비웃음 당한다. **133, 329**

탈리아Thalia. 희극의 뮤즈. 손에는 우스꽝스러운 가면을 들고, 머리에는
벨벳 화관을 두른 형상으로 그려진다. **242**

테르프시코레Terpsichore. 춤의 뮤즈. 손에 리라를 든 모습으로 그려진다.

새롭게 을유세계문학전집을 펴내며

을유문화사는 이미 지난 1959년부터 국내 최초로 세계문학전집을 출간한 바 있습니다. 이번에 을유세계문학전집을 완전히 새롭게 마련하게 된 것은 우리가 직면한 문화적 상황에 적극적으로 대응하기 위해서입니다. 새로운 을유세계문학전집은 세계문학의 역할이 그 어느 때보다 중요해졌다는 인식에서 출발했습니다. 오늘날 세계에서 타자에 대한 이해는 우리의 안전과 행복에 직결되고 있습니다. 세계문학은 지구상의 다양한 문화들이 평등하게 소통하고, 이질적인 구성원들이 평화롭게 공존할 수 있는 문화적인 힘을 길러 줍니다.

을유세계문학전집은 세계문학을 통해 우리가 이런 힘을 길러 나가야 한다는 믿음으로 만들어졌습니다. 지난 5년간 이를 준비하기 위해 많은 노력을 기울였습니다. 세계 각국의 다양한 삶의 방식과 문화적 성취가 살아 있는 작품들, 새로운 번역이 필요한 고전들과 새롭게 소개해야 할 우리 시대의 작품들을 선정했습니다. 우리나라 최고의 역자들이 이들 작품 속 한 문장 한 문장의 숨결을 생생히 전하기 위해 심혈을 기울였습니다. 또한 역자들은 단순히 번역만 한 것이 아니라 다른 작품의 번역을 꼼꼼히 검토해 주었습니다. 을유세계문학전집은 번역된 작품 하나하나가 정본(定本)으로 인정받고 대우받을 수 있도록 최선을 다 했습니다. 세계문학이 여러 경계를 넘어 우리 사회 안에서 주어진 소임을 하게 되기를 바라며 을유세계문학전집을 내놓습니다.

을유세계문학전집 편집위원단(가나다 순)
김월회(서울대 중문과 교수)
박종소(서울대 노문과 교수)
손영주(서울대 영문과 교수)
신정환(한국외대 스페인어통번역학과 교수)
정지용(성균관대 프랑스어문학과 교수)
최윤영(서울대 독문과 교수)

을유세계문학전집

을유세계문학전집은 계속 출간됩니다.

을유세계문학전집 연표